UM COMEÇO DE VIDA

HONORÉ DE BALZAC

UM COMEÇO DE VIDA

tradução
Sonia Augusto

prefácio de
Verónica Galíndez

Amarilys

Copyright © Editora Manole Ltda., por meio de contrato com a tradutora.

Amarilys é um selo editorial Manole.
Este livro contempla as regras do Acordo Ortográfico de 1990, que entrou em vigor no Brasil.

Editor-gestor: Walter Luiz Coutinho
Editor: Enrico Giglio
Produção editorial: Luiz Pereira
Projeto gráfico, editoração eletrônica e capa: Studio DelRey

Dados Internacionais de Catalogação na Publicação (CIP)
(Câmara Brasileira do Livro, SP, Brasil)

Balzac, Honoré de, 1799-1850.
Um começo de vida/Honoré de Balzac;
tradução Sonia Augusto. – Barueri, SP: Amarilys, 2016.

Título original: Un début dans la vie.
ISBN 978-85-204-3936-4

1. Romance francês I. Título.

15-11012 CDD-843

Índice para catálogo sistemático:
1. Romances: Literatura francesa 843

Todos os direitos reservados.
Nenhuma parte deste livro poderá ser reproduzida, por qualquer processo, sem a permissão expressa dos editores. É proibida a reprodução por xerox.

A Editora Manole é filiada à ABDR – Associação Brasileira de Direitos Reprográficos.

Edição brasileira – 2016

Editora Manole Ltda.
Av. Ceci, 672 – Tamboré
06460-120 – Barueri – SP – Brasil
Tel.: (11) 4196-6000 – Fax: (11) 4196-6021
www.manole.com.br / www.amarilyseditora.com.br
info@amarilyseditora.com.br

Impresso no Brasil / *Printed in Brazil*

HONORÉ DE BALZAC
(Tours, 20 de maio de 1799; Paris, 18 de agosto de 1850)

Sim, Honoré de Balzac é um dos mais conhecidos escritores franceses entre nós. O pontapé inicial está dado. No entanto, nem sempre conhecemos exatamente o que está por trás de uma leitura clássica hoje.

Boa parte da crítica, extremamente abundante e internacional, o aponta como um escritor ao mesmo tempo precoce e tardio. A primeira obra assinada com seu nome é publicada em 1829 e intitula-se *Les Chouans* [A Bretanha], seguida pelo conhecido título *Fisiologia do casamento*. No entanto, antes disso, entre 1821 e 1826, publica uma série de romances considerados "fáceis", históricos ou populares sob pseudônimos variados. Chega a qualificar seu trabalho, em carta a sua irmã Laure em 1822, como "verdadeira porquice literária". Ele, que vinha do interior e aspirava tornar-se um grande escritor — o que na época significava escrever poesia, peças de teatro em verso — via-se obrigado a escrever romances para sobreviver. Um verdadeiro fracasso a seu ver.

Fisiologia do casamento é o romance que abre as portas dos famosos salões parisienses a Balzac. A partir de então, é recebido pela sociedade que influencia os círculos literários, que ajuda a divulgá-los, passando a publicar o que se tornaria mais tarde a primeira parte da *Comédia humana*.

Esse é o título geral do que se conhece como grande projeto balzaquiano. Entre nós, no Brasil, destaca-se a leitura feita por Paulo Rónai já quando do aniversário de cem anos da morte do autor, em 1950. Além de um estudo acerca do autor e sua obra, Paulo Rónai foi responsável pela organização, revisão e comentário da tradução completa da *Comédia humana*.

Em seu estudo explica que essa obra, que reúne mais de oitenta (o número varia segundo as edições) romances e novelas, ainda permanecia incompleta, uma vez que o projeto do autor previa 137 obras do mais variados gêneros, tratando-se de "empreendimento único" na história da literatura.

Balzac redige um prefácio à *Comédia humana*, no qual apresenta e reflete acerca da empreitada, de sua forma, de suas fontes, de sua estrutura. Trata-se de criar uma obra baseada em um tripé formal que compreendesse os homens, as mulheres e as coisas numa dinâmica que permitisse a representação das pessoas e da forma que adquire a representação de seus pensamentos. Uma "história natural da sociedade", em que sejam exploradas suas formas e mecanismos.

A *Comédia humana* está dividida em três grandes conjuntos: *estudos de costumes, estudos filosóficos* e *estudos analíticos*. Ainda que faça alusão à *Divina comédia* de Dante, a proposta balzaquiana tem cunho social explícito, tentando abranger todos os tipos e formas de atuação da sociedade de seu tempo, tanto urbana como rural, mas conferindo ao amor e à amizade papéis centrais na construção das tramas. Cada um desses conjuntos de estudos é composto por cenas. Assim, temos: *Cenas da vida privada, Cenas da vida provinciana, Cenas da vida parisiense, Cenas da vida política, Cenas da vida militar* e *Cenas da vida rural*.

Trata-se de um novo tipo de romance, de cunho visionário no que diz respeito à observação e à representação da sociedade, mas que não deixa de lado uma dimensão fantástica (com alguns contos) ou mesmo mística e esotérica. Uma empreitada ao mesmo tempo arriscada e corajosa, muito significativa de seu tempo. É como se Balzac vivesse, pela literatura, a potência da escrita no que ela permite enquanto experiência de vida. Com Balzac, com sua empreitada englobadora e englobante, fascinantemente particular quando acompanhamos cada um dos personagens, mas ao mesmo tempo universal, escrever, representar, passa a ser uma forma de viver. Não se trata de uma escrita que substitua a experiência ou que se limite a informar o leitor a respeito do funcionamento da burguesia, mas de uma forma de ver e viver na sociedade, no tempo. Assim, nos distanciamos da experiência de leitura de Friederich Engels, que em carta de 1888 diz o quanto "aprendeu" a respeito da burguesia francesa e de seu funcionamento graças ao "realismo" de Balzac. Se há aprendizado em Balzac, ele certamente se colocaria do lado da forma como o escritor se relaciona com a representação, mas também com os discursos de sua época, com a escrita, com a função do autor em seu tempo, com o campo literário.

A *Comédia humana*, portanto, acaba criando um universo que corre paralelo ao vivido, constituindo-se como autônomo, no qual reconhecemos regras, lugares, paisagens, moral, costumes, filosofia, religião. Um dos mecanismos presentes na obra e que muito colaboram para essa sensação de universo autônomo é, sem dúvida, a construção dos personagens. São cerca de dois mil e quinhentos personagens que circulam na obra e que alternam papéis, podendo ser representados como personagens principais, protagonistas, ou como personagens secundários. Independentemente de sua importância em um ou outro romance, os personagens balzaquianos representam tipos sociais, exercendo funções sempre específicas e quase que imutáveis nos diferentes textos. Assim, o fato de que apareçam em mais de um romance, acaba contribuindo para que o leitor crie uma familiaridade com esse universo. Muitos escritores e críticos discorrem acerca da sensação de "amizade" com certos personagens do autor. Em língua francesa, esses tipos inspiraram, como antes fizera Molière, expressões da língua, clichês que encontramos até hoje. Entre nós, por exemplo, o termo "balzaquiana", para designar a mulher solteira de certa idade, inspirado no romance *A mulher de trinta anos*. Esse vai-e-vem de personagens, esse chamado "retorno" dos personagens balzaquianos produz ao mesmo tempo uma sensação de familiaridade, mas também se torna um signo, como o que representa o clichê: o personagem se torna signo de ascensão, de fracasso, de cobiça, de arrivismo, etc. Ainda que as relações entre alguns dos personagens sejam contraditórias dentro da obra — o controle absoluto de uma obra monumental seria impossível — há muitos críticos que elogiam a capacidade premonitória de alguns tipos, ou que se interessam, por exemplo, à relação que os personagens de papel tinham com pessoas conhecidas da época.

Ainda a respeito dessa complexa rede de personagens e do mecanismo de retorno em diversos romances, Paulo Rónai conclui que se trata do caráter mais original da obra de Balzac, constituindo-se como mecanismo por meio do qual o "escritor pretendeu eliminar a maior imperfeição inerente ao gênero, qual seja a incapacidade de dar uma ilusão completa da realidade". [1]

Dentre os grandes temas da *Comédia humana*, destaca-se, primeiramente, o dinheiro, que inspirou elementos que Karl Marx

---

1. Rónai, Paulo. *Balzac e a Comédia humana*. Porto Alegre: Ed. Globo, 1957, p. 18

desenvolve em *O Capital*, mas que também, como quase tudo em Balzac, tem relação direta com sua vida, uma vez que o escritor teve tantos problemas financeiros ao longo da vida que, aliados a um ritmo de trabalho frenético, o levaram ao esgotamento. Balzac percebe a importância do dinheiro como grande mola propulsora da vida burguesa. O leitor não terá qualquer problema em admitir a perenidade das representações relacionadas ao dinheiro na obra do escritor francês. Como elenca o crítico francês Taine, na obra de Balzac encontramos elementos relativos à especulação finaneira, a operações de compra e venda, contratos, comércio, indústria, agiotagem.

Outro tema recorrente é a figura do artista: temos escritores, confirmados e aspirantes, poetas, dramaturgos, do interior, da capital, mas temos também pintores, como em *A obra-prima desconhecida*, ou cantores de ópera como em *Sarrasine*. De formas diferentes, a partir de tipos variados, são abordadas questões como a originalidade, a figura do artista na sociedade, as relações entre a criação artística e a busca pela perfeição.

Um último tema, sempre a título de ilustração mínima no âmbito de tão vasto e complexo universo, é o tema jurídico. O leitor encontrará vasto e minucioso trabalho em torno da lei, de sua história e evolução, da prática do direito, das diferentes figuras envolvidas, sendo responsáveis por intrigas inteiras, como em *O contrato de casamento*.

Um começo de vida foi, como outros romances da *Comédia humana*, publicado primeiramente em folhetim em uma revista chamada *La législature* [A legislatura], com o título *Do perigo das mistificações* em 1842. Foi retomado em volume da segunda edição da *Comédia* pela editora Furnes, em 1845, e classificado em *Cenas da vida privada*.

É importante destacar que a publicação prévia em folhetim era prática habitual na época, nada tendo de desmerecedora ou desabonadora. No Brasil também temos grandes escritores que fizeram uso dessa prática, como Machado de Assis, por exemplo. O folhetim, além de meio de difusão privilegiado de circulação, cria condições particulares para a própria produção do gênero. No Brasil, por exemplo, temos uma relação cultural muito estreita com essa forma na qual Balzac mostra toda sua arte: a novela televisiva. Toda a estrutura de nossas novelas, um dos grandes produtos culturais nacionais, se relaciona muito intimamente com o trabalho de construção romanesca ligada às possibilidades oferecidas pelo folhetim. Até mesmo *Madame Bovary*, por exemplo, é primeiramente publicado em folhetim antes de ser publicado em volume.

No entanto, *Um começo de vida* nos apresenta uma particularidade: trata-se de uma reescritura de um texto que havia sido publicado por sua irmã, Laure Surville, somente com o nome de Laure e intitulado *Voyage en coucou* [Viagem de carruagem] e a quem ele dedica a versão final, transformada e aprofundada.

É a história de um jovem meio inútil, o "burguês moderno" segundo Pierre Barbéris [2], chamado Oscar Husson, cuja mãe, Madame Clapart, decide ajudar. Consegue fazer com que seja convidado ao castelo de Presles, residência secundária de um conde poderoso, Conde de Sérisy, graças à ajuda de um senhor Moreau. A primeira parte do romance se desenvolve na carruagem que leva Oscar ao seu destino. Nessa parte o leitor acompanha uma conversa entre Oscar e dois jovens pintores, um assistente de notário, um fazendeiro

---

2. Barbéris, Pierre. *Le monde de Balzac*. Paris: Arthaud, 1973. Importante obra crítica sobre a *Comédia Humana*.

gordo e um desconhecido. Temos, pois, representados, vários tipos de personagens com suas respectivas funções sociais. Mais uma vez a relação entre o microcosmo da intriga pontual do romance e o macrocosmo da proposta monumental da obra.

No entanto, e essa é uma das grandes características dos romances de Balzac, a intriga cresce, produzindo-se uma catástrofe ligada à identidade do conde. A identidade, as dicotomias entre o falso e o verdadeiro, a expectativa e a confirmação, ilusão e realidade, são questões muito presentes nos romances de Balzac. A título de exemplo, citamos rapidamente todo o engano sensorial produzido por Sarrasine, cantor extremamente dúbio.

A segunda parte do romance é inteiramente dedicada ao desenvolvimento das peripécias do protagonista Oscar para resolver a situação em que se encontra. Na terceira parte do romance, em recurso também bastante frequente em Balzac, a mesma viagem da primeira parte é refeita quatorze anos depois, o que permite que o narrador analise a passagem do tempo e sua relação com o progresso, os destinos individuais e coletivos, pontuados pelo destino particular e exemplar de Oscar.

Um começo de vida, apesar de não figurar entre os mais lidos ou mais populares romances de Balzac, talvez seja um dos romances mais importantes para outro grande romancista francês do século XIX: Gustave Flaubert. Nele encontramos elementos que serão retomados por Flaubert para a construção do personagem Charles Bovary, o marido da protagonista Emma Bovary. Charles, cuja "adequação" à vida burguesa é feita pela mãe, também é um personagem "assentado", adaptado a uma calmaria sem aspirações, o que, por outro lado, acaba representando a ruína de seu casamento. Temos também a presença da "zombaria", que em Flaubert atinge seu ponto máximo com a ironia construída em torno da "bêtise", da besteira burguesa, representada pelo lugar comum, pela alienação, pela incapacidade de leitura do mundo. Nesse romance também encontramos o nome Moreau, que batisará o protagonista da *Educação sentimental*, no qual acompanhamos a educação burguesa de um jovem, guiado pela mãe. Ainda que obra menos conhecida entre nós, este romance que agora lemos é mais um texto central de Balzac, fonte de outros textos, exemplo para outros grandes escritores.

Verónica Galíndez
Professora Doutora em Literatura Francesa
da Universidade de São Paulo

A Laure.

Que o espírito modesto e brilhante, que me deu o assunto desta cena, receba as honras!

Seu irmão.

Os trechos marcados com itálico no texto a seguir apresentam nota do tradutor ao final do livro.

As ferrovias, em um futuro pouco distante, devem fazer desaparecer certas indústrias e modificar algumas outras, sobretudo as que se referem aos diferentes meios de transporte em uso nas cercanias de Paris. Logo também, as pessoas e as coisas que constituem os elementos desta cena a tornarão merecedora de um trabalho de arqueologia. Nossos sobrinhos não ficarão encantados por conhecer o material social de uma época a que chamarão de "os velhos tempos"? Assim, os pitorescos cabriolés que estacionavam na Place de la Concorde, atrapalhando o Cours-la-Reine, os cabriolés tão florescentes durante um século, e ainda tão numerosos em 1830, não existem mais e, mesmo na mais atraente solenidade campestre, dificilmente se vê um só deles na estrada em 1842.

Em 1820, os lugares célebres por suas vistas na periferia de Paris nem sempre tinham um serviço regular de transporte. No entanto, os Touchard, pai e filho, tinham conquistado o monopólio do transporte para as cidades mais populosas, em um raio de 15 léguas, e sua empresa era um estabelecimento magnífico, situado na rua do faubourg Saint-Denis. Apesar de sua antiguidade, apesar de seus esforços, investimentos e todas as vantagens de uma centralização potente, os cabriolés de Saint-Denis representavam forte concorrência às empresas Touchard para os locais situados a sete ou oito léguas de distância. A paixão dos parisienses pelo campo é tal que as empresas locais também lutavam com vantagem contra as Pequenas Empresas de Transporte, nome dado à empresa dos Touchard em oposição às Grandes Empresas de Transporte, uma companhia que se situava na rua Montmartre. Nessa época, o sucesso dos Touchard também estimulava os especuladores. Para as menores localidades dos arredores de Paris, criavam-se então empresas de veículos belos, rápidos e confortáveis, que partiam de Paris e para lá retornavam em horas fixas e que, em um raio de 10 léguas, estabeleciam uma concorrência intensa. Superados nas viagens de quatro a seis léguas, os cabriolés se concentraram nas pequenas distâncias e ainda permaneceram ativos durante alguns anos. Por fim, eles sucumbiram quando os ônibus demonstraram a possibilidade de levar 18 pessoas em um veículo puxado por dois cavalos. Atualmente, o cabriolé, se por acaso um desses carros de percurso tão penoso existisse ainda nas dependências de algum desmanche de veículos, seria, por sua estrutura e suas disposições, objeto de pesquisas eruditas comparáveis às de Cuvier com os animais encontrados nas gessarias de Montmartre.

As pequenas empresas, ameaçadas pelos especuladores que lutavam em 1822 contra os Touchard, pai e filho, tinham comumente um ponto de apoio na simpatia dos habitantes dos locais que serviam. Assim, o empresário, ao mesmo tempo condutor e proprietário do veículo, era também um dono de hospedagem no local cujos seres, coisas e interesses lhe eram familiares. Ele cumpria o trabalho com inteligência, não exigia muito por seus pequenos serviços e, por isso mesmo, ganhava ainda mais que as Empresas de Transporte Touchard. Ele sabia escapar à necessidade de uma licença. Se necessário, ele deixava de lado as leis relativas aos passageiros. Enfim, ele tinha a simpatia das pessoas comuns. Além disso, quando um concorrente se estabelecia, se o antigo condutor local dividia com ele os dias da semana, algumas pessoas adiavam sua viagem para fazê-la na companhia do antigo condutor, mesmo que seu equipamento e seus cavalos estivessem em estado pouco tranquilizador.

Uma das linhas que os Touchard, pai e filho, tentaram monopolizar e que foi mais disputada, e que ainda o é com os Toulouse, seus sucessores, é a que vai de Paris a Beaumont-sur-Oise, linha surpreendentemente lucrativa, pois três empresas a exploravam concomitantemente em 1822. As Pequenas Empresas de Transporte abaixaram em vão seus preços, multiplicaram em vão as horas de partida, construíram em vão veículos excelentes; a concorrência subsistiu, tão lucrativa é uma linha na qual situam-se pequenas cidades como Saint-Denis e Saint-Brice, aldeias como Pierrefitte, Groslay, Ecouen, Poncelles, Moisselles, Baillet, Monsoult, Maffliers, Franconville, Presles, Nointel, Nerville, etc. As Empresas de Transporte Touchard terminaram por estender a viagem de Paris a Chambly. A concorrência foi até Chambly. Atualmente, os Toulouse vão até Beauvais.

Nessa estrada, a da Inglaterra, existe um caminho que passa por um lugar apropriadamente chamado La Cave, devido a sua topografia, e que leva a um dos mais deliciosos vales da bacia do Oise, na cidadezinha de L'Isle-Adam, duplamente célebre como berço da extinta casa de L'Isle-Adam e como antiga residência dos Bourbon-Conti. L'Isle-Adam é uma cidadezinha encantadora que se apoia em duas grandes aldeias, Nogent e Parmain, admiráveis pelas magníficas pedreiras que forneceram os materiais dos mais belos edifícios da Paris moderna e do estrangeiro, pois a base e os ornamentos das colunas do teatro de Bruxelas foram feitos em pedra de Nogent. Embora admirável por lindas paisagens, por castelos célebres que foram construídos por príncipes, monges ou arquitetos famosos, como Cassan, Stors, Le Val, Nointel, Persan, etc., em 1822, essa região não fora incluída na concorrência e era servida por dois condutores de veículos, que a exploravam de comum acordo. Essa exceção baseava-se em razões de fácil compreensão. De La Cave, o ponto onde começa, na estrada da Inglaterra, o caminho pavimentado devido à magnificência dos príncipes de Conti, até L'Isle-Adam, a distância é de duas léguas, e nenhuma empresa poderia fazer um desvio tão grande, ainda mais que L'Isle-Adam era um beco sem saída. A estrada terminava ali. Há alguns anos, um grande caminho religou o vale de Montmorency ao vale de L'Isle-Adam. De Saint-Denis, ele passa por Saint-Leu-Taverny, Méru, L'Isle-Adam e chega até Beaumont, ao longo do Oise. Mas em 1822, a única estrada que levava a L'Isle-Adam era a dos príncipes de Conti. Pierrotin e seu colega reinavam assim de Paris a L'Isle-Adam, amados por toda a região. O veículo de Pierrotin e o de seu companheiro serviam Stors, Le Val, Parmain, Champagne, Mours, Prérolles, Nogent, Nerville e Maffliers. Pierrotin era tão conhecido que os habitantes de Monsoult, Moisselles, Baillet e Saint-Brice, embora situados na grande estrada, usavam seu carro, no qual a chance de haver um lugar era maior do que nas diligências de Beaumont, sempre cheias. Pierrotin dava-se bem com o concorrente. Quando Pierrotin partia de L'Isle-Adam, seu companheiro voltava de Paris, e vice-versa. É inútil falar do concorrente, pois Pierrotin tinha a simpatia da região. Além disso, dos dois, ele é o único participante nesta história verídica. É suficiente saber que os dois condutores viviam em harmonia, faziam uma concorrência leal e disputavam os passageiros por meios corretos. Por economia, eles usavam em Paris o mesmo pátio, o mesmo hotel, o mesmo estábulo, o mesmo depósito, o mesmo escritório, o mesmo empregado. Esses detalhes demonstram que Pierrotin e seu concorrente eram, segundo a expressão popular, "gente fina". O hotel, situado precisamente na esquina da rua de Enghien, ainda existe e se chama Leão de Prata. O proprietário desse estabelecimento, destinado há muito tempo a alojar condutores, também explorava uma empresa de transporte para Dammartin tão sólida que os Touchard, seus vizinhos, cuja Pequena Empresa de Transportes ficava em frente, nem se deram ao trabalho de colocar um carro na mesma linha.

Embora as partidas para L'Isle-Adam devessem acontecer em horas fixas, Pierrotin e seu companheiro praticavam, em relação ao horário, uma tolerância que lhes garantia o afeto das pessoas da região e lhes valia enfáticas reclamações por parte dos estrangeiros, habituados à regularidade dos grandes estabelecimentos públicos, mas os dois condutores desse carro, meio diligência, meio cabriolé, encontravam sempre defensores entre seus passageiros habituais. De tarde, a partida das quatro horas se atrasava até as quatro horas e meia, e a partida da manhã, apesar de marcada para as oito horas, nunca acontecia antes das nove. Esse sistema era, além disso, excessivamente flexível. No verão, alta temporada para os condutores, a lei das partidas, rigorosa para os desconhecidos, só era flexível para os habitantes da região. Esse método dava a Pierrotin a possibilidade de embolsar o preço de dois lugares para um só, quando um morador da região vinha, no momento certo, solicitar um lugar que pertencia a um visitante que, por infelicidade, estava atrasado. Essa elasticidade não era bem vista pelos puristas, mas Pierrotin e seu colega a justificavam pelas dificuldades da época, pelas perdas ocorridas no inverno, pela necessidade de logo terem carros melhores e, enfim, para observação exata da lei escrita nos boletins cujos exemplares, excessivamente raros, não eram entregues senão aos visitantes obstinados o bastante para exigi-lo.

Pierrotin, homem de 40 anos, já era pai de família. Saído da cavalaria na época da baixa de 1815, esse corajoso rapaz havia sucedido a seu pai, que operava de L'Isle-Adam a Paris um cabriolé de aparência bastante extravagante. Depois de se casar com a filha de um pequeno hospedeiro, ele estendeu o serviço de L'Isle-Adam, tornou-o regular, destacou-se por sua inteligência e por uma exatidão militar. Ágil, decidido, Pierrotin (este deveria ser seu sobrenome), pela mobilidade de sua fisionomia, imprimia à sua figura corada e acostumada às intempéries uma expressão sardônica que se parecia com um ar espiritual. Não lhe faltava aquela facilidade de expressão adquirida por conhecer o mundo e diferentes regiões. Sua voz, devido ao hábito de se dirigir aos cavalos e gritar "Cuidado!", havia incorporado um toque de rudeza, mas ele assumia um tom suave com os burgueses. Suas vestimentas, como as dos condutores de segunda linha, consistia em boas e grossas botas, pesadas e ferradas, feitas em L'Isle-Adam, calça de veludo grosso verde-garrafa e um colete do mesmo material, mas por cima dele, durante o exercício de suas funções, ele usava uma camisa azul, ornamentada com bordados multicoloridos no colarinho, nos ombros e nos punhos. Um capacete com viseira lhe cobria a cabeça. O estado militar havia deixado nas maneiras de Pierrotin um grande respeito pela superioridade social e o hábito de obediência às pessoas das classes mais altas; mas ele se socializava de bom grado com os pequenos burgueses, respeitando sempre as mulheres, qualquer que fosse a classe social a que pertenciam. No entanto, de tanto *carregar o mundo*, para usar uma de suas expressões, ele havia terminado por considerar seus passageiros como pacotes que andavam e que, desse modo, necessitavam de menos cuidados do que os outros, o objeto essencial de uma empresa de transporte.

Atento ao movimento geral que, desde a paz, revolucionava seu ramo de negócios, Pierrotin não queria deixar-se ficar para trás do progresso. Assim, desde o verão, ele falava muito de um grande carro encomendado aos Farry, Breilmann & Cia., os melhores fabricantes de carrocerias para diligências, necessário devido ao número crescente de passageiros. O equipamento de Pierrotin consistia então de dois veículos. Um, usado no inverno e o único apresentado aos agentes do fisco, fora herdado do pai e era similar a um cabriolé. Os lados arredondados desse veículo permitiam que ali fossem colocados seis passageiros sobre duas banquetas de uma dureza metálica, embora recobertas em veludo de Utrecht amarelo. As duas banquetas eram separadas por uma barra de madeira que podia ser retirada e colocada à vontade em dois buracos existentes no interior do veículo, na altura das costas dos passageiros. Essa barra perfidamente forrada em veludo, que Pierrotin chamava de encosto, deixava os viajantes desesperados devido à dificuldade para retirá-la e recolocá-la. Se esse encosto era difícil de manipular, era ainda mais incômodo para as costas quando estava no lugar, mas quando era deixado de través no veículo, tornava a entrada e a saída igualmente perigosas, em especial para as mulheres. Embora cada banqueta desse cabriolé, com lados curvados como os de uma mulher grávida, não devesse conter mais que três passageiros, frequentemente viam-se oito, apertados como sardinhas em um vidro de conservas. Pierrotin dizia que assim os passageiros ficavam muito melhor, pois formavam uma massa compacta, inabalável, enquanto três passageiros se chocavam o tempo todo e, muitas vezes, corriam o risco de bater os chapéus contra o teto do cabriolé, devido aos solavancos violentos sofridos na estrada.

Na frente do veículo, havia uma banqueta de madeira, o assento de Pierrotin, onde podiam se acomodar três passageiros que, por viajar ali, como se sabe, eram chamados de *coelhos*. Em algumas viagens, Pierrotin colocava quatro coelhos e se sentava, então, de lado, em uma espécie de caixa, colocada na parte inferior do cabriolé com a finalidade de dar um ponto de apoio para os pés dos coelhos e que sempre estava cheia de palha ou de pacotes que nada temiam. A carroceria desse cabriolé, pintada em amarelo, era ornamentada, na parte superior, por uma faixa azul brilhante na qual se lia, em prata: L'Isle-Adam–Paris, e atrás: Serviço de L'Isle-Adam. Nossos sobrinhos estariam errados se pensassem que aquele veículo não poderia levar mais de 13 pessoas, incluindo Pierrotin. Nas ocasiões importantes, ele às vezes transportava outros três passageiros colocados em um compartimento quadrado coberto por um toldo onde costumavam ser empilhadas as malas, caixas e pacotes; mas o prudente Pierrotin só permitia que ali subissem seus passageiros habituais e apenas a 300 ou 400 passos da barreira. Os passageiros do *galinheiro*, nome dado pelos condutores a essa parte do veículo, deviam descer antes de cada cidade da estrada em que se encontrava um posto de polícia. O excesso de passageiros, proibido pelas *leis de segurança dos viajantes*, era flagrante demais para que o policial, essencialmente um amigo de Pierrotin, pudesse deixar de impor uma advertência verbal a essa contravenção. Assim, o cabriolé de Pierrotin transportava, em certas tardes de sábado ou manhãs de segunda-feira, 15 passageiros. Mas para que isso fosse possível, ele dava a seu grande e idoso cavalo, chamado Rougeot, uma ajuda na forma de um cavalo pequeno e forte como um pônei, do qual dizia maravilhas. Esse cavalo pequeno era uma égua chamada Bichette; comia pouco, era fogosa, incansável e valia seu peso em ouro.

—Minha mulher não a trocaria por esse grande preguiçoso que é o Rougeot! — exclamava Pierrotin, quando um passageiro zombava daquele *extrato de cavalo*.

A diferença entre o outro carro e este consistia em que aquele era montado sobre quatro rodas. Esse veículo, de construção bizarra, chamado de *carruagem de quatro rodas*, suportava 17 passageiros, mas não devia transportar mais de 14. Fazia tanto barulho que, muitas vezes, dizia-se em L'Isle-Adam: "Aí vem Pierrotin!" quando ele saía da floresta que se estende pela encosta do vale. Era dividido em duas partes: a primeira, chamada *interior*, acomodava seis passageiros em duas banquetas; a segunda, uma espécie de cabriolé adaptado na frente, era chamada cupê. O cupê era fechado por uma janela incômoda e bizarra, cuja descrição tomaria espaço demais para ser feita. Sobre a carruagem de quatro rodas havia um nível superior com toldo, no qual Pierrotin colocava seis passageiros e cujo fechamento era feito por cortinas de couro. Pierrotin sentava-se em um lugar quase invisível, colocado abaixo da janela do cupê.

O condutor de L'Isle-Adam só pagava as contribuições às quais estão submetidos os veículos públicos para seu cabriolé, apresentado como um transporte para seis passageiros, e pedia uma licença todas as vezes em que saía com sua carruagem de quatro rodas. Isso pode parecer extraordinário hoje em dia mas, no início, o imposto sobre veículos, aprovado com uma certa timidez, permitia aos condutores essas pequenas fraudes que os deixavam bem contentes por passar a perna nos funcionários públicos, como diziam. Imperceptivelmente, o fisco foi-se tornando severo e passou a obrigar os veículos a não rodar sem ter o timbre duplo que, atualmente, anuncia que estão registrados e que os impostos foram pagos. Tudo tem um tempo de inocência, até mesmo o fisco; no final de 1822, esse tempo ainda durava. No verão, era frequente que a carruagem de quatro rodas e o cabriolé rodassem ao mesmo tempo na estrada, levando 32 passageiros, embora Pierrotin só pagasse impostos sobre seis. Nesses dias felizes, o comboio partia às quatro e meia do subúrbio de Saint-Denis e chegava destemidamente às dez da noite em L'Isle-Adam. Além disso, orgulhoso de seu serviço, que exigia que fossem alugados cavalos, Pierrotin dizia: "A viagem foi ótima!" Para poder fazer nove léguas em cinco horas, com esses carros, ele suprimia as paradas que os cocheiros costumam fazer nessa estrada, em Saint-Brice, Moisselle e La Cave.

O hotel Leão de Prata ocupava um terreno de amplos fundos. A fachada tinha apenas três ou quatro janelas para o subúrbio de Saint-Denis, mas no amplo pátio, em cujo final situam-se as cocheiras, havia uma casa inteira apoiada contra a parede de uma propriedade meeira. A entrada formava um corredor embaixo do qual podiam ficar estacionados dois ou três carros. Em 1822, o escritório de todas as empresas alojadas no Leão de Prata era de responsabilidade da mulher do hospedeiro, que tinha tantos livros quanto serviços: ela recebia o dinheiro, inscrevia os nomes e colocava com boa vontade os pacotes na enorme cozinha de seu hotel. Os viajantes se contentavam com esses modos patriarcais. Se por acaso chegassem cedo, eles se sentavam sob o consolo da grande chaminé, ou ficavam parados sob o pórtico, ou iam ao café de Échiquier, que ficava na esquina da rua de mesmo nome e era paralelo à rua de Enghien, da qual era separado por algumas casas.

Nos primeiros dias do outono desse ano, em um sábado de manhã, Pierrotin estava com as mãos enfiadas nos bolsos, ao lado das portas duplas do Leão de Prata, de onde se via a cozinha do hotel e, depois, o longo pátio no final do qual estavam as cocheiras. A diligência de Dammartin havia acabado de sair e se lançava pesadamente atrás das diligências Touchard. Eram mais de oito horas da manhã. Embaixo do enorme pórtico, por cima do qual se lia em uma tabuleta "Hotel Leão de Prata", os cavalariços e os empregados das empresas de transporte olhavam os carros que partiam daquele modo que tanto engana os passageiros e os fazem acreditar que os cavalos seguirão sempre assim.

— Está na hora de atrelar, senhor? — perguntou o cavalariço a Pierrotin quando não havia mais nada para ver.

— Já são oito e quinze, e não vejo passageiro algum — respondeu Pierrotin. — Onde eles se meteram? Atrele os cavalos mesmo assim. E, além do mais, não há pacotes. Meu Deus! Nem Ele sabe onde se enfiaram os passageiros nesta noite, pois o tempo está bom, e tenho apenas quatro inscritos! Que coisa boa para um sábado! É sempre assim quando se precisa ganhar dinheiro! Que trabalho de cão! Que cão de trabalho!

— Mas se houvesse passageiros, onde seriam colocados? O senhor só está com o cabriolé — disse o cavalariço, tentando acalmá-lo.

— E o meu novo carro? — perguntou Pierrotin.

— Ele existe mesmo? — perguntou o corpulento auvérnio que, ao sorrir, mostrou dentes grandes e brancos como amêndoas.

— Seu imprestável! Ele sairá amanhã, domingo, e precisaremos de 18 passageiros!

— Ah! Nossa! É um belo carro, que vai acender a estrada — disse o auvérnio.

— Um carro como aquele que vai até Beaumont! É brilhante, pintado em vermelho e ouro, vai deixar os Touchard vermelhos de raiva! Vou precisar de três cavalos. Encontrei uma parelha para Rougeot, e Bichette irá orgulhosamente como ponteira. Vamos, atrele os cavalos — disse Pierrotin, que olhava com o canto dos olhos para a porta Saint-Denis, enquanto enchia o cachimbo. —

Estou vendo uma senhora e um rapaz com pacotes nos braços; eles vêm ao Leão de Prata, pois não deram atenção aos cabriolés. Espere! Acho que reconheço a senhora!

— O senhor, muitas vezes, já chegou lotado depois de ter partido vazio — disse o bagageiro.

— Mas sem nenhum pacote — respondeu Pierrotin —, meu Deus, que azar!

E Pierrotin sentou-se sobre uma das duas enormes balizas que protegiam as paredes do choque com os eixos, mas demonstrou um ar inquieto e sonhador que não lhe era habitual. Essa conversa, aparentemente insignificante, havia agitado preocupações cruéis ocultas no fundo do coração de Pierrotin. E o que podia perturbar o coração de Pierrotin, senão um belo carro? Brilhar na estrada, lutar contra os Touchard, ampliar seu serviço, transportar passageiros que o cumprimentassem pela comodidade obtida com o progresso da carroceria, em vez de ouvir reprovações perpétuas sobre as suas carroças, essa era a louvável ambição de Pierrotin. Ora, o condutor de L'Isle-Adam, levado por seu desejo de superar seu colega, de levá-lo a um dia talvez deixar o serviço de L'Isle-Adam, havia ultrapassado suas forças. Ele havia encomendado um carro a Farry, Breilmann & Cia., os fabricantes de carrocerias que acabavam de trocar as molas "pescoço de cisne" e outras antigas invenções francesas pelas molas quadradas dos ingleses; mas esses fabricantes desconfiados e endurecidos não queriam entregar esse carro sem pagamento à vista. Pouco orgulhosos por construir um carro difícil de vender se tivessem de ficar com ele, esses sábios negociantes não iniciaram o trabalho antes de um pagamento de dois mil francos feito por Pierrotin. Para satisfazer à justa exigência dos fabricantes, o condutor ambicioso havia utilizado todos os seus recursos e todo o seu crédito. Sua esposa, seu sogro e seus amigos haviam contribuído. Ele fora ver o novo carro na véspera, enquanto era pintado. Estava pronto para rodar, mas para fazer isso no dia seguinte seria necessário honrar o pagamento. Mas ainda faltavam mil francos para Pierrotin! Endividado com o aluguel devido ao hoteleiro, ele não ousara pedir-lhe essa quantia. Por não ter mil francos, ele corria o risco de perder os dois mil francos pagos como adiantamento, sem contar os 500 francos, preço do novo Rougeot, e os 300 francos de arreios novos para os quais conseguira três meses de crédito. Levado pelo furor do desespero e pela loucura do amor-próprio, ele acabava de afirmar que seu novo carro rolaria no dia seguinte, domingo. Ao dar 1.500 francos dos 2.500 devidos, ele esperava que os fabricantes lhe entregassem a carruagem, mas exclamou em voz alta, depois de três minutos de reflexão:

— Não, é um caso perdido! E se eu falasse com o senhor Moreau, o administrador de Presle, que é um homem tão bom? — disse ele, considerando uma nova ideia. — Ele talvez aceitasse uma promissória para seis meses.

Nesse momento, um criado sem libré, carregando uma mala de couro e vindo da empresa Touchard, onde não havia encontrado lugar para a viagem a Chambly à uma hora da tarde, disse ao condutor:

— O senhor é Pierrotin?

— Pois não? — disse Pierrotin.

— Se puder esperar apenas quinze minutos, poderá transportar meu patrão; se não, levarei a mala de volta e ele terá de ir a cavalo, embora já tenha perdido esse hábito há muito tempo.

— Esperarei dois, três quartos de hora e até mais, meu rapaz — disse Pierrotin, olhando a bela maleta de couro, bem fechada e com uma fechadura em cobre ornada com um brasão.

— Está bem! — disse o rapaz, baixando a maleta do ombro para que Pierrotin a pesasse e examinasse.

— Pegue — disse o condutor ao bagageiro —, envolva-a com palha macia e coloque-a no porta-bagagens traseiro. Ela não tem nome — acrescentou.

— Tem as armas de meu senhor — respondeu o criado.

— Senhor? Preciso saber mais. Venha tomar um gole comigo — disse Pierrotin, piscando um olho e se dirigindo para o café de Échiquier, aonde levou o criado. — Garçom, dois absintos! — gritou ao entrar. — Então, quem é seu patrão e aonde ele vai? Eu nunca vi você — disse Pierrotin ao criado, enquanto brindavam.

— Há bons motivos para isso — respondeu o rapaz. Meu senhor não vem nem uma vez por ano para cá e sempre que vem traz a sua equipagem. Ele gosta mais do vale do Orge, onde se encontra o mais belo parque dos arredores de Paris, um verdadeiro Versailles, uma propriedade da família cujo nome ele carrega. O senhor não conhece o senhor Moreau?

— O intendente de Presles — disse Pierrotin.

— Muito bem, o senhor conde vai passar dois dias em Presles.

— Ah! Então vou transportar o conde de Sérisy — exclamou o condutor.

— Sim, senhor, nada mais, nada menos. Mas atenção! Ele deu uma ordem. Se houver pessoas da região em seu carro, não use o nome do conde, pois ele deseja viajar incógnito, e me recomendou que lhe dissesse isso, prometendo uma boa gorjeta.

— Ah! Essa viagem secreta não terá, por acaso, relação com o negócio que o senhor Léger, fazendeiro dos Moulineaux, acabou de concluir?

— Não sei — respondeu o criado —, mas existem desavenças. Ontem à noite, fui levar ordens à cocheira de que estivessem prontos às 7 da manhã com o carro puxado por dois cavalos para ir a Presles; mas, às 7 horas, Sua Senhoria deu uma contraordem. Augustin, o criado de quarto, atribui essa mudança à visita de uma senhora que parecia ter vindo da região.

— Teriam dito algo a respeito do senhor Moreau? O mais corajoso, mais honesto, um rei entre os homens! Ele poderia ter ganhado muito mais dinheiro do que tem, se quisesse, veja!

— Então, ele se enganou — respondeu o criado com ar sério.

— O senhor de Sérisy irá, então, morar em Presles, pois o castelo foi reformado e mobiliado? — perguntou Pierrotin depois de uma pausa. — É verdade que já foram gastos lá cerca de duzentos mil francos?

— Se nós tivéssemos, o senhor ou eu, o que gastaram a mais do que isso por lá, seríamos burgueses. Se a senhora condessa for até lá, ah! os Moreau não mais ficarão à vontade — disse o criado com ar misterioso.

— O senhor Moreau é mesmo um grande homem! — respondeu Pierrotin, que pensava ainda em pedir os mil francos ao administrador —, um homem que faz os outros trabalharem, que não negocia demais o serviço e que tira da terra tudo que ela pode render, e tudo para o seu patrão! Um bom homem! Ele vem bastante a Paris e sempre pega o meu carro, dá uma boa gorjeta e sempre delega diversas tarefas a serem realizadas em Paris. São três ou quatro pacotes por dia, do senhor e também da senhora; enfim, uma conta de 50 francos por mês, só em comissões. A senhora tem um ar arrogante, mas gosta bastante de seus filhos; sou eu quem os leva ao colégio e também de volta para casa. Toda vez, ela me dá 100 centavos, uma grande senhora não agiria melhor. Ah! Todas as vezes que transporto algum deles ou alguém que vá até lá, vou até o portão do castelo. Isso é merecido, não é?

— Dizem que o senhor Moreau não tinha nem mil escudos quando o senhor conde o colocou como administrador em Presle — disse o criado.

— Mas trabalhando desde 1806, em 17 anos, esse homem tinha de conseguir alguma coisa! — replicou Pierrotin.

— É verdade — disse o criado, acenando com a cabeça. — Afinal de contas, os senhores são bem ridículos, e imagino que Moreau tenha feito seu pé-de-meia.

— Muitas vezes, fui levar cestos — disse Pierrotin — na sua mansão na rua da Chaussée-d'Antin e nunca tive a honra de ver nem o senhor nem a senhora.

— O senhor conde é um bom homem — disse o criado, em tom confidencial —, mas se pede discrição para garantir que continue incógnito, ele deve ter algum motivo; ao menos, é isso que pensamos nós na mansão; pois, por que dar uma contra-ordem à cocheira? Por que viajar de cabriolé? Um nobre francês não tem recursos para alugar um cabriolé?

— Um cabriolé é capaz de lhe custar 40 francos, ida e volta. Pois saiba que essa estrada, caso não a conheça, foi feita para esquilos. Ah! Sempre subindo e descendo — disse Pierrotin. — Nobre francês ou burguês, todos preferem economizar seu dinheiro! Se esta viagem dissesse respeito ao senhor Moreau... Meu Deus, eu ficaria aborrecido se algo de ruim lhe acontecesse! Bom Deus! Não poderíamos encontrar um modo de preveni-lo? Ele é realmente um bom homem, um homem excelente, um rei entre os homens!

— Bom! O senhor conde gosta muito do senhor Moreau! — disse o criado. — Mas, ouça-me, se deseja que eu lhe dê um bom conselho: cada um por si. O melhor a fazer é nos ocuparmos de nossos assuntos. Faça o que lhe pedem, ainda mais que não se deve brincar com Sua Senhoria. Além disso, para dizer a verdade, o conde é generoso. Se fizer só isto para ele — disse o criado, mostrando a unha de um de seus dedos —, ele o recompensará assim — continuou esticando o braço.

Essa observação sensata e, sobretudo, a imagem utilizada tiveram o efeito, por virem de uma pessoa com uma posição tão elevada quanto a de segundo criado de quarto do conde de Sérisy, de esfriar o zelo de Pierrotin em relação ao administrador de Presles.

— Então, adeus, senhor Pierrotin — disse o criado.

Um rápido passar de olhos sobre a vida do conde de Sérisy e a de seu administrador é necessário aqui para compreender bem o pequeno drama que deveria ocorrer no carro de Pierrotin.

O senhor Hugret de Sérisy descendia em linha direta do famoso presidente Hugret, que recebera o título de nobreza sob Francisco I. Essa família usa um escudo dividido nas cores dourado e areia, uma cor circundando a outra, e dois losangos, o dourado na área areia e vice-versa, com a inscrição I, SEMPER MELIUS ERIS, divisa que, não menos que as duas enroladoras usadas como suportes, mostra a modéstia das famílias burguesas na época em que as classes sabiam o seu lugar no Estado, e a ingenuidade de nossos antigos costumes pelo jogo com a palavra ERIS, que, combinada com o I do começo e o s final de *Melius*, representa o nome (*Sérisy*) da terra transformada em condado.

O pai do conde foi o primeiro presidente de um parlamento antes da Revolução. Quanto ao conde, já conselheiro de Estado no Grande Conselho, em 1787, aos 22 anos de idade, fez-se notar por relatórios muito bem elaborados a respeito de assuntos delicados. Ele não emigrou durante a Revolução, permanecendo em suas terras em Sérisy, perto de Arpajon, onde o respeito que tinham por seu pai o preservou de todo mal. Depois de ter passado alguns anos a cuidar do presidente de Sérisy, que perdeu em 1794, ele foi eleito, ao redor dessa época, para o Conselho dos 500 e aceitou essas funções legislativas para não pensar em sua dor. Aos 18 de brumário, o senhor de Sérisy foi, como todas as velhas famílias parlamentares, objeto de atenções do primeiro cônsul, que o colocou no Conselho de Estado e lhe deu uma das administrações mais desorganizadas para que a restituisse. O filho dessa família histórica tornou-se uma das pessoas mais ativas da grande e magnífica organização devida a Napoleão. Desse modo, o Conselheiro de Estado logo deixou sua administração por um ministério. Tornado conde e senador pelo imperador, ele teve sucessivamente o pró-consulado de dois reinos diferentes. Em 1806, aos 40 anos, o senador casou-se com a filha do antigo marquês de Ronquerolles, viúva aos 20 anos de Gaubert, um dos mais ilustres generais republicanos, e sua herdeira. O casamento, conveniente como nobreza, duplicou a fortuna já considerável do conde de Sérisy, que se tornou cunhado do antigo marquês de Rouvre, nomeado conde e camareiro pelo imperador. Em 1814, cansado dos trabalhos constantes, o senhor de Sérisy, cuja saúde abalada exigia repouso, demitiu-se de todos os seus cargos, deixou o governo à frente do qual o imperador o colocara e veio até Paris, onde Napoleão, obrigado pelas evidências, lhe fez justiça. Esse senhor infatigável, que não acreditava na fadiga dos outros, considerou a princípio a necessidade expressa pelo conde de Sérisy como uma deserção. Embora o senador não tivesse caído em desgraça, ele passou a ser visto como alguém que se queixara de Napoleão. Ainda, quando os Bourbon voltaram, Luís XVIII — que o senhor de Sérisy reconheceu como seu legítimo soberano — concedeu ao senador, agora nobre francês, uma prova de confiança, encarregando-o de seus assuntos particulares e nomeando-o ministro de Estado. Em 20 de março, o senhor de Sérisy não foi a Gand, avisou a Napoleão que permanecia fiel à casa de Bourbon, não aceitou o pariato durante os Cem Dias e passou esse breve reinado nas terras de Sérisy. Depois da segunda queda do imperador, ele naturalmente voltou a ser membro do conselho privado, foi nomeado vice-presidente do Conselho de Estado e liquidatário, por conta da França, na regulamentação das indenizações exigidas pelas potências estrangeiras. Sem fausto pessoal, até mesmo sem ambição, ele tinha uma grande influência nos assuntos públicos. Nada se fazia de importante na política sem que ele fosse consultado, mas nunca ia à corte e pouco aparecia em seus próprios salões. Essa existência nobre, dedicada em primeiro lugar ao trabalho, acabara por se tornar um trabalho contínuo. O conde se levantava às quatro da manhã, em qualquer estação, trabalhava até meio-dia, realizava suas tarefas de nobre da França ou de vice-presidente do Conselho de Estado e se deitava às nove da noite. Como reconhecimento de tantos trabalhos, o rei o tornara cavaleiro de suas ordens. O senhor de Sérisy recebera já há muito tempo a Grã-cruz da Legião de Honra, tinha a ordem do Tosão de Ouro, a ordem de Santo André da Rússia, a ordem da Águia da Prússia; enfim, quase todas as ordens das cortes europeias. Ninguém era menos visto nem mais útil do que ele no mundo político. Compreende-se que as honras, o alarido dos favores, os êxitos do mundo fossem indiferentes a um homem dessa têmpera. Mas ninguém, exceto os padres, levaria tal vida sem ter fortes motivos. Essa conduta enigmática tinha uma explicação cruel.

Apaixonado por sua mulher ainda antes de desposá-la, essa paixão resistira a todas as infelicidades íntimas de seu casamento com uma viúva, sempre dona de si mesma, tanto antes quanto depois de seu segundo casamento, e que gozava ainda mais de sua liberdade pelo fato de o senhor de Sérisy ter em relação a ela a mesma indulgência que tem uma mãe por uma criança mimada.

Seus trabalhos constantes funcionavam como proteção contra as tristezas do coração, ocultas com o cuidado que sabem tomar os políticos em relação a tais segredos. Ele compreendia muito bem como seriam ridículos seus ciúmes aos olhos do mundo, pois não seria admissível uma paixão conjugal em um velho administrador. Como, desde os primeiros dias de seu casamento, ele ficou fascinado pela mulher? Como sofreu, no começo, sem se vingar? Como não ousou se vingar? Como deixou que o tempo passasse, iludido com a esperança? Por que meios fora dominado por uma mulher jovem, bonita e espirituosa? A resposta a todas essas perguntas exigiria uma longa história que confundiria o assunto desta cena e que, senão os homens, pelo menos as mulheres poderão intuir. Observemos, no entanto, que os enormes trabalhos e as tristezas do conde contribuíram, infelizmente, para privá-lo das vantagens necessárias para que um homem lutasse contra as comparações perigosas. Assim, a mais horrível das tristezas secretas do conde era de ter dado razão à repugnância da esposa por uma doença que se devia unicamente ao excesso de trabalho. Isso era ótimo para a condessa, pois assim ela reinava em sua casa, recebia toda Paris, ia para o campo, voltava, absolutamente como se fosse viúva; ele cuidava de sua fortuna e supria seu luxo, como teria feito um administrador. A condessa tinha a mais elevada estima por seu marido, gostava mesmo de seu caráter, sabia como deixá-lo feliz com sua aprovação e assim fazia tudo o que queria desse pobre homem apenas conversando uma hora com ele. Como os grandes senhores de outrora, o conde protegia tão bem a esposa que fazer algum reparo à sua consideração seria uma ofensa imperdoável. O mundo admirava muito esse caráter, e a senhora de Sérisy devia muitíssimo a seu marido. Qualquer outra mulher, mesmo que pertencesse a uma família tão distinta quanto a dos Ronquerolles, poderia ter se perdido para sempre. A condessa era muito ingrata, mas ingrata com charme. De tempos em tempos, ela derramava um bálsamo sobre as feridas do conde.

Expliquemos agora a razão da viagem inesperada e de o ministro se manter incógnito.

Um rico fazendeiro de Beaumont-sur-Oise, chamado Léger, explorava uma fazenda que estava encravada nas terras do conde e que estragava sua magnífica propriedade de Presles. Essa fazenda pertencia a um burguês de Beaumont-sur-Oise, chamado Margueron. O arrendamento feito a Léger em 1799, época em que não se podia prever os progressos da agricultura, estava a ponto de terminar, e o proprietário recusara as ofertas de Léger para um novo contrato. Já há muito tempo, o senhor de Sérisy, que desejava se livrar dos aborrecimentos e das discussões provocadas pelos enclaves, tinha a esperança de comprar essa fazenda, sabendo que toda a ambição do senhor Margueron era conseguir que seu filho único, então um simples coletor de impostos, fosse nomeado agente particular de finanças em Senlis. Moreau indicara a seu patrão que o fazendeiro Léger era um perigoso adversário. O fazendeiro, que sabia por qual valor essa fazenda podia ser vendida ao conde, era capaz de oferecer dinheiro bastante para ultrapassar a vantagem que o cargo de agente particular ofereceria ao filho de Margueron. Dois dias antes, o conde, com pressa de fechar o negócio, havia chamado seu notário, Alexandre Crottat, e Derville, seu advogado, para que examinassem as circunstâncias desse negócio. Embora Derville e Crottat colocassem em dúvida o zelo do administrador, cuja carta havia provocado essa consulta, o conde defendeu Moreau, que, afirmou, o servia fielmente há 17 anos.

— Está bem! — respondeu Derville. — Aconselho Vossa Senhoria a ir pessoalmente a Presles e convidar Margueron para um jantar.

Crottat enviará seu assistente para lá com um contrato de venda pronto, deixando em branco as páginas ou as linhas necessárias às designações de terreno ou de títulos. Enfim, que Vossa Excelência vá munido, se necessário, de uma parte do valor na forma de um cheque contra o banco e não esqueça a nomeação do filho como agente da receita de Senlis. Se não fechar o negócio de imediato, a fazenda lhe escapará! O senhor ignora, senhor conde, os truques dos camponeses. Entre um camponês e um diplomata, o camponês vencerá.

Crottat apoiou esse conselho que, segundo a confidência do criado a Pierrotin, o nobre havia sem dúvida aceitado. Na véspera, o conde havia enviado pela diligência de Beaumont uma mensagem a Moreau para lhe dizer que convidasse Margueron para jantar, a fim de firmar o negócio de Moulineaux. Antes desse negócio, o conde havia ordenado que reformassem os apartamentos de Presles, e, já há um ano, o senhor Grindot, um arquiteto da moda, viajava uma vez por semana para lá. Assim, além de concluir sua aquisição, o senhor de Sérisy queria examinar os trabalhos e o efeito da nova decoração. Ele desejava fazer uma surpresa a sua esposa, levando-a a Presles, e sentia-se orgulhoso pela restauração desse castelo. O que teria acontecido para que o conde, que na véspera iria ostensivamente a Presles, quisesse viajar incógnito na carruagem de Pierrotin?

Neste ponto, tornam-se indispensáveis algumas palavras sobre a vida do administrador.

Moreau, o administrador das terras de Presles, era filho de um procurador da província, que se tornara procurador e agente de Versailles durante a Revolução. Desse modo, o Moreau pai praticamente salvara os bens e a vida dos senhores de Sérisy, pai e filho. Esse cidadão Moreau pertencia ao partido de Danton.

Roberspierre, implacável em seus rancores, o perseguira e terminara por descobri-lo, ordenando que fosse executado em Versailles. O Moreau filho, herdeiro das doutrinas e das amizades de seu pai, participou de uma das conspirações contra o primeiro cônsul, quando este chegou ao poder. Nesse momento, o senhor de Sérisy, querendo saldar sua dívida de gratidão, fez com que Moreau, que havia sido condenado à morte, fugisse a tempo. Depois, em 1804, solicitou seu perdão, obteve-o e lhe ofereceu, a princípio, um lugar em seus escritórios e, depois, promoveu-o a secretário, dando-lhe a direção de seus negócios particulares. Algum tempo depois do casamento de seu protetor, Moreau apaixonou-se por uma camareira da condessa e casou-se com ela. Para evitar os inconvenientes da posição embaraçosa em que essa união o deixara, da qual havia mais de um exemplo na corte imperial, ele pediu a administração das terras de Presles, onde sua esposa poderia passar por dama e onde nenhum deles sofreria golpes a seu amor-próprio. O conde necessitava de um homem dedicado em Presles, pois sua esposa preferia a casa nas terras de Sérisy, que ficava apenas a 5 léguas de Paris. Depois de três ou quatro anos, Moreau estava à frente de seus negócios; ele era inteligente, pois, antes da Revolução, havia estudado as artes da trapaça com seu pai. Então, o senhor de Sérisy lhe disse:

— Você não fará fortuna, porque tomou uma má decisão na vida, mas será feliz, pois eu me encarrego de sua felicidade.

Realmente, o conde deu mil escudos de pagamento fixo para Moreau e moradia em uma linda casa situada nos fundos das dependências de serviço. Ele lhe deu também um tanto de madeira para seu aquecimento, um tanto de aveia, de palha e de feno para dois cavalos, e direitos sobre as taxas de licença. Um subprefeito não teria um contrato tão bom. Durante os oito primeiros anos de sua gestão, o administrador gerenciou Presles conscienciosamente; ele se interessou pelo trabalho. O conde, quando vinha examinar o domínio, decidir as compras ou aprovar os trabalhos, impressionou-se com a lealdade de Moreau e lhe testemunhou sua satisfação por meio de amplas gratificações. Porém, quando Moreau tornou-se pai de uma menina, a terceira de seus filhos, ele já tinha se estabelecido tão bem nas terras de Presles, que não mais prestava contas ao senhor de Sérisy por tantas vantagens que recebia. Além disso, em 1816, o administrador, que até então apenas cuidara de seus interesses em Presles, aceitou de bom grado de um negociante de madeira a quantia de 25 mil francos para que o fizesse obter, com aumento, um contrato de exploração dos bosques que dependiam das terras de Presles, por 12 anos. Moreau raciocinou: não tinha aposentadoria, era pai de família, o conde bem lhe devia essa soma pelos 10 anos quase completos de administração; depois, já legítimo possuidor de economias de 60 mil francos, se a estes juntasse aquela soma, ele poderia comprar uma fazenda de 120 mil francos no território de Champagne, comuna situada acima de L'Isle-Adam, na margem direita do Oise. Os acontecimentos políticos impediram que o conde e as pessoas da região reparassem nesse ganho, feito em nome da senhora Moreau, que supostamente teria herdado de uma velha tia-avó, em sua região, em Saint-Lô. Depois que o administrador provou o fruto delicioso da propriedade, sua conduta permaneceu sempre a mais correta do mundo na aparência, mas ele não perdeu mais nenhuma ocasião de aumentar sua fortuna clandestina, e o interesse de seus três filhos lhe serviu de bálsamo para acalmar os ardores de sua honestidade. No entanto, é preciso lhe fazer justiça: se ele aceitou subornos, se ele cuidou de si nos negócios, se levou seus direitos até o abuso, ele permaneceu honesto nos termos da lei, e nenhuma prova poderia justificar uma acusação contra ele. Conforme a jurisprudência da menos ladra das cozinheiras de Paris, ele compartilhava com o conde os lucros devidos a sua habilidade. Esse modo de arredondar sua fortuna era um caso de consciência, e isso é tudo. Ativo, entendendo bem os interesses do conde, Moreau aguardava ainda com mais cuidados as ocasiões de conseguir boas aquisições, porque sempre recebia grandes presentes. Presles rendia-lhe 72 mil francos em espécie. Assim, dizia-se na região, num raio de 10 léguas:

— O senhor de Sérisy tem em Moreau um segundo de si mesmo!

Sendo um homem prudente, Moreau colocava todos os anos, desde 1817, seus benefícios e seus ordenados no livro-razão, arredondando suas posses no mais profundo segredo. Ele havia recusado negócios, dizendo não ter dinheiro, e se passou tão bem de pobre junto ao conde que havia conseguido duas bolsas plenas para seus filhos no colégio Henrique IV. Naquele momento, Moreau possuía 120 mil francos de capital colocados no Terço Consolidado, transformado em 5% e que chegava já a 80 francos. Esses 120 mil francos desconhecidos e sua fazenda em Champagne, ampliada por aquisições, somavam uma fortuna de cerca de 280 mil francos, que lhe davam 16 mil francos de renda.

Essa era a situação do administrador no momento em que o conde queria comprar a fazenda dos Moulineaux, cuja posse era indispensável para sua tranquilidade. A fazenda consistia em 96 trechos de terra que se limitavam e cercavam as terras de Presles, muitas vezes encravadas como as casas de um jogo de damas, sem contar as sebes meeiras e fossos de separação que davam origem às mais aborrecidas discussões a respeito de uma árvore a ser cortada quando a propriedade era contestável. Qualquer pessoa que não fosse um ministro de Estado teria 20 processos por ano por causa dos Moulineaux. Léger, pai, queria comprar a fazenda apenas para revendê-la ao conde. A fim de conseguir, com mais segurança, ganhar os 30 ou 40 mil francos, objeto de seus desejos, o fazendeiro já havia tentado há um bom tempo se entender com Moreau. Levado pelas circunstâncias, três dias antes desse sábado crucial, no meio dos campos, Léger demonstrara claramente ao administrador que ele poderia fazer com que o conde de Sérisy colocasse o dinheiro a 2,5% em terras de conveniência, isto é, ter como sempre a imagem de alguém que serve a seu patrão, mas aí encontrando um benefício secreto de 40 mil francos, que ele lhe oferecia.

— Palavra de honra — disse o administrador à mulher ao se deitarem —, se eu obtiver 50 mil francos do negócio com os Moulineaux, pois o senhor me dará certamente 10 mil, nós nos retiraremos para a casa de Nogent, em L'Isle-Adam.

Essa casa é uma bela propriedade, construída há tempos pelo príncipe de Conti para uma dama e onde todos os requintes foram incluídos.

— Isso iria me agradar — respondeu a mulher. — O holandês que ali se estabeleceu restaurou-a muito bem e nos venderia por 30 mil francos, pois será obrigado a retornar às Índias.

— Ficaremos a dois passos de Champagne — respondeu Moreau. — Tenho esperança de comprar por 100 mil francos a fazenda e o moinho de Mours. Teríamos assim 10 mil francos de renda em terras, uma das mais lindas habitações do vale, muito perto de nossos bens, e ainda nos sobrariam cerca de 6 mil francos de renda no livro-razão.

— E por que não pediria o cargo de juiz de paz em L'Isle-Adam? Assim, teríamos influência e 1500 francos a mais.

— Ah! Já pensei nisso.

Nesse estado de espírito, ao saber que seu patrão queria vir a Presles e pedira que convidasse Margueron para jantar no sábado,

40   UM COMEÇO DE VIDA

Moreau apressou-se a mandar um mensageiro, que entregou ao primeiro criado de quarto do conde uma carta, em uma hora avançada demais para que o senhor de Sérisy pudesse tomar conhecimento dela, mas Augustin colocou-a sobre a escrivaninha, como era hábito em casos como esse. Na carta, Moreau pedia ao conde que não se desse ao incômodo, e que confiasse em seu zelo. Segundo ele, Margueron não queria mais vender a fazenda inteira e falava de dividir Moulineaux em 96 lotes; era preciso dissuadi-lo dessa ideia e, talvez, dizia o administrador, utilizar um intermediário.

Todos têm inimigos. O administrador e sua esposa haviam desagradado, em Presles, a um oficial reformado, chamado senhor de Reybert, e a sua mulher. Das palavras e alfinetadas, eles haviam passado aos golpes de punhal. O senhor de Reybert só desejava vingança; queria que Moreau perdesse o cargo e pretendia sucedê-lo. Eram ideias gêmeas. Desse modo, o comportamento do administrador, espionado por dois anos, não tinha mais segredos para os Reyberts. Ao mesmo tempo que Moreau despachava seu enviado ao conde de Sérisy, Reybert enviava sua esposa a Paris. A senhora de Reybert pediu com tanta insistência que a deixassem falar com o conde que, mandada embora às nove da noite, horário em que o conde se deitava, foi recebida no dia seguinte às sete por Sua Senhoria.

— Senhor — disse ela ao ministro de Estado —, meu marido e eu somos incapazes de escrever cartas anônimas. Sou a senhora de Reybert, em solteira de Corroy. Meu marido recebe apenas 600 francos de pensão e vivemos em Presles, onde seu administrador nos tem feito uma afronta depois da outra, embora sejamos pessoas de bem. O senhor de Reybert, que não é de modo algum um intriguista, reformou-se como capitão de artilharia em 1816, depois de servir por 20 anos, sempre distante do imperador, senhor conde! E o senhor certamente sabe como os militares que não se encontram sob os olhos do chefe dificilmente progridem, sem contar que a honestidade e a franqueza do senhor de Reybert desagradavam a seus chefes. Nestes três anos, meu marido não deixou de observar seu administrador, com o objetivo de fazê-lo perder o cargo. Veja, nós somos francos. Moreau nos transformou em inimigos, e nós o vigiamos. Venho, portanto, dizer-lhe que o senhor está sendo manipulado no negócio dos Moulineaux. Querem tirar-lhe 100 mil francos que seriam divididos entre o notário, Léger e Moreau. O senhor pediu que Margueron fosse convidado e pretende ir a Presles amanhã, mas Margueron fingirá uma doença, e Léger está tão certo de que comprará a fazenda que veio a Paris para fechar negócio. Se nós o esclarecemos, se deseja um administrador honesto, contrate meu marido; embora nobre, ele o servirá como serviu o Estado. Seu administrador tem uma fortuna de 250 mil francos e não ficará mal.

O conde agradeceu friamente à senhora de Reybert e não lhe fez promessas, pois desprezava a delação, mas ao se lembrar das suspeitas de Derville, ficou interiormente abalado. De repente, viu a carta do administrador, leu-a e, em meio às garantias de dedicação, nas frases respeitosas contrárias a seu desejo de tratar pessoalmente desse negócio, ele adivinhou a verdade a respeito de Moreau.

— A corrupção veio com a fortuna, como sempre! — disse a si mesmo.

O conde fez então perguntas à senhora de Reybert, menos para saber os detalhes do que para ter tempo de observá-la, e escreveu a seu notário um bilhete para que este não enviasse seu primeiro assistente a Presles, mas que fosse ele mesmo até lá para jantar.

— Se o senhor conde — disse a senhora de Reybert, concluindo — me julgou desfavoravelmente pelo ato que me permiti sem que o senhor de Reybert tivesse conhecimento, ele deve estar agora convencido de que nós obtivemos essas informações sobre seu administrador da maneira mais natural; a consciência mais escrupulosa não encontraria aí nada de censurável.

A senhora de Reybert, em solteira de Corroy, manteve-se ereta como um poste. Ela oferecia ao olhar atento do conde um rosto mais marcado que uma escumadeira, vítima da varíola, um busto reto e seco, olhos ardentes e claros, cabelos loiros alisados sobre uma testa preocupada, uma touca de tafetá verde, forrada de cor de rosa, um vestido branco com bolinhas violeta, sapatos de pelica. O conde percebeu nela a mulher de um capitão pobre, uma puritana assinante do *Courrier Français*, virtuosa, mas sensível ao bem-estar oferecido por um cargo e desejosa dele.

— A senhora disse 600 francos de renda? — perguntou o conde, pensando em voz alta em vez de responder ao que acabara de lhe contar a senhora de Reybert.

— Sim, senhor conde.

— A senhora nasceu na família de Corroy?

— Sim, senhor, uma família nobre da região de Messin, a região de meu marido.

— Em qual regimento serviu o senhor de Reybert?

— No sétimo regimento de artilharia.

— Bem! — respondeu o conde, escrevendo o número do regimento. Ele pensava ser possível entregar a administração de suas terras a um antigo oficial, a respeito do qual poderia obter informações mais exatas no Ministério da Guerra. — Senhora — continuou, depois de chamar o criado de quarto —, retorne a Presles com o meu notário que irá até lá para o jantar e a quem a recomendei. Eis o endereço dele. Eu irei em segredo a Presles e direi ao senhor de Reybert que venha falar comigo.

Assim, a notícia da viagem do senhor de Sérisy por veículo público e a recomendação de manter o anonimato do conde não haviam alarmado em vão o condutor; ele pressentia o perigo prestes a se abater sobre um de seus melhores fregueses.

Ao sair do café do Échiquier, Pierrotin percebeu na porta do Leão de Prata a mulher e o jovem que sua perspicácia reconhecera como clientes, pois a senhora, com o pescoço estendido e o rosto inquieto, procurava visivelmente por ele. Essa senhora, usando um vestido de seda negra tingida, um chapéu de cor escura e um velho xale de caxemira francês, calçada com meias de seda e sapatos de couro de cabra, segurava na mão uma cesta de palha e um guarda-chuva azul-real. Essa mulher, que já fora bela, parecia ter cerca de 40 anos, mas seus olhos azuis, privados da chama da felicidade, anunciavam que há muito tempo ela havia renunciado ao mundo. Desse modo, suas vestimentas e sua postura indicavam que era uma mãe totalmente dedicada a sua casa e a seu filho. As fitas do chapéu estavam desbotadas e a forma indicava que ele tinha mais de três anos. O xale era preso por uma agulha quebrada, transformada em alfinete de xale por uma bola de cera de lacre. A desconhecida esperava Pierrotin com impaciência para lhe recomendar seu filho que, sem dúvida, viajaria sozinho pela primeira vez e que ela havia acompanhado até o carro, tanto por desconfiança quanto por amor materno. Essa mãe era, de algum modo, complementada pelo filho e, simetricamente, o filho não teria sido bem compreendido sem a mãe. Se a mãe se conformava em usar luvas cerzidas, o filho usava um casaco verde-oliva cujas mangas, um pouco curtas, mostravam que ele ainda cresceria, como os adultos de 18 a 19 anos. A calça azul, remendada pela mãe, oferecia um fundilho novo aos olhares quando o casaco maldosamente se entreabria atrás.

— Não esfregue assim suas luvas, você vai estragá-las ainda mais — dizia ela quando Pierrotin chegou. — O senhor é o condutor? Ah! Mas é o senhor Pierrotin? — disse ela, deixando o filho por um momento e afastando-se um pouco com o condutor.

— Tudo bem, senhora Clapart? — respondeu ele, cujo rosto exprimia respeito e familiaridade ao mesmo tempo.

— Sim, Pierrotin. Cuide bem de meu Oscar; ele vai viajar sozinho pela primeira vez.

— Ah! Ele vai sozinho até a casa do senhor Moreau? — perguntou o condutor para saber se o rapaz iria realmente para lá.

— Sim — respondeu a mãe.

— A senhora Moreau o aceitou, então? — perguntou novamente Pierrotin, com expressão astuta.

— Pois é! — disse a mãe —, não será um mar de rosas para ele, pobre criança, mas o futuro dele exige essa viagem imperiosamente.

Essa resposta impressionou Pierrotin, que hesitou em partilhar com a senhora Clapart suas desconfianças em relação ao administrador. Do mesmo modo, ela não ousava prejudicar o filho fazendo recomendações a Pierrotin que pudessem transformar o condutor em mentor. Durante essa deliberação mútua, que se traduzia em algumas frases sobre o tempo, a estrada, as paradas da viagem, não é inútil explicar os laços que ligavam Pierrotin à senhora Clapart e permitiam as duas palavras confidenciais que acabavam de trocar. Com certa frequência, isto é, três ou quatro vezes por mês, Pierrotin encontrava em La Cave, quando ia a Paris, o administrador, que fazia sinal a um jardineiro ao avistar o carro. O jardineiro então ajudava Pierrotin a carregar um ou dois cestos cheios de frutas ou legumes, dependendo da estação; além de galinhas, ovos, manteiga e carne de caça. O administrador pagava sempre a comissão a Pierrotin, dando-lhe o dinheiro necessário para pagar a licença na barreira, se os cestos contivessem itens sujeitos a impostos. Aqueles cestos, baús ou pacotes nunca tinham endereço escrito. Na primeira vez, que servira para todas as demais, o administrador havia indicado oralmente o domicílio da senhora Clapart ao discreto condutor, pedindo-lhe que nunca confiasse essa preciosa mensagem a mais ninguém. Pierrotin, imaginando uma intriga entre uma bela moça e o administrador, fora até a rua da Cerisaie, nº 7, no bairro do Arsenal, e vira a senhora Clapart, que acabamos de descrever, em vez da bela jovem que esperava encontrar. Os condutores, por força de seu próprio trabalho, são levados a entrar em muitas casas e sabem muitos segredos; mas o acaso social, essa subprovidência, havia tencionado que eles fossem pouco instruídos e desprovidos do talento de observação e, desse modo, não fossem perigosos. No entanto, depois de alguns meses, Pierrotin não sabia como explicar as relações da senhora Clapart e do senhor Moreau, pelo que pudera perceber na casa da rua da Cerisaie. Embora nessa época os aluguéis não fossem caros no bairro Arsenal, a senhora Clapart habitava no terceiro andar, no fundo de um pátio, em uma casa que outrora fora a residência de um grande senhor, no tempo em que a alta nobreza do reino morava no antigo local do palácio de Tournelles e da mansão Saint-Paul. No final do século XVI, as grandes famílias compartilhavam esses grandes espaços, outrora ocupados pelos jardins do palácio dos reis, como indicam os nomes das ruas da Cerisaie, Beautreillis, dos Lions, etc. O apartamento, no qual todas as peças eram revestidas com madeira antiga, era formado por três cômodos em sequência: uma sala de jantar, uma sala de estar e um dormitório. No andar superior, havia uma cozinha e o quarto de Oscar. Diante da porta de entrada, naquilo que em Paris se chama "quadrado", via-se a porta de um quarto recuado, que em cada andar se dispunha em uma espécie de construção que também continha o poço de uma escadaria de madeira formando uma torre quadrada, construída com grandes pedras. Esse quarto era ocupado por Moreau quando dormia em Paris. Pierrotin vira no primeiro cômodo, onde ele colocava os pacotes, seis cadeiras de nogueira forradas de palha, uma mesa e um aparador e, nas janelas, cortinas pequenas e vermelhas. Mais tarde, ao entrar na sala de estar, reparou nos antigos móveis da época do Império, mas gastos. Não havia naquela sala mais do que o mobiliário exigido para que o proprietário pudesse alugar a propriedade. Pierrotin julgou o dormitório pelo que vira na sala de estar e na de jantar. O revestimento de madeira, recoberto por uma pintura grosseira de um branco avermelhado que cobria as molduras, os desenhos e as figuras, longe de ser um ornamento, entristecia o olhar. O piso, que nunca era encerado, tinha um tom acinzentado como os assoalhos de pensionatos. Quando o condutor surpreendeu o senhor e a senhora Clapart à mesa, seus pratos, copos e as menores coisas indicavam uma horrível pobreza; embora eles usassem talheres de prata, os pratos, a sopeira, lascados e colados como a louça dos mais pobres, inspiravam piedade. O senhor Clapart, vestido com um robe surrado, calçado com chinelos surrados, trazendo sempre óculos verdes, mostrava, ao tirar um chapéu feio e com 5 anos de uso, um crânio pontudo de cujo alto caíam filamentos finos e sujos, que um poeta se recusaria de chamar de cabelos. Esse homem de pele pálida parecia ansioso e devia ser tirânico. No triste apartamento, situado ao norte, sem nenhuma vista senão a de uma vinha estendida sobre o muro oposto e um poço no canto do pátio, a senhora Clapart tomava ares de rainha e caminhava como uma mulher que não sabe andar a pé. Muitas vezes, ao agradecer a Pierrotin, ela lhe lançava olhares que teriam enternecido um observador; de tempos em tempos, ela lhe colocava moedas de 12 centavos na mão. Sua voz era encantadora. Pierrotin não conhecia Oscar, simplesmente porque o menino frequentava o colégio e ele nunca o encontrara em casa.

Eis a triste história que Pierrotin jamais teria adivinhado, mesmo pedindo informações à porteira, como fazia há algum tempo, pois essa mulher não sabia de nada, exceto que os Claparts pagavam 250 francos de aluguel, que não tinham uma empregada a não ser por algumas horas da manhã, que a senhora fazia algumas limpezas ela mesma e que pagava todos os dias para receber suas cartas, como se não tivesse condições de deixar que se acumulassem.

Não existe, ou melhor, é muito raro existir um criminoso que seja completamente criminoso. Com ainda mais razão, dificilmente se encontrará uma desonestidade completa. Pode-se arredondar as contas com o patrão com vantagem para si mesmo ou se aproveitar de tudo que for possível, mas mesmo conseguindo um capital por vias mais ou menos ilícitas, poucos homens chegariam a não se permitir algumas boas ações. Mesmo que seja apenas por curiosidade, por amor-próprio, como contraste, por acaso, todo homem tem seu momento de benfeitor; ele pode considerá-lo como um erro, não repeti-lo, mas faz um sacrifício ao bem do mesmo modo que o mais ríspido dos homens faz um sacrifício às Graças, uma ou duas vezes na vida. Se os erros de Moreau podem ser desculpados, não seria por sua persistência em socorrer uma pobre mulher cujos favores antigamente o haviam deixado orgulhoso e em cuja casa ele se escondera em momentos de perigo? Essa mulher, famosa durante o Diretório por suas ligações com um dos cinco reis do momento, casou-se, devido àquela proteção toda-poderosa, com um fornecedor que ganhou milhões e que foi arruinado em 1802 por Napoleão. Esse homem, chamado Husson, enlouqueceu com essa passagem repentina da opulência à miséria e lançou-se ao Sena, deixando grávida a bela senhora Husson. Moreau, que tinha uma ligação muito íntima com a senhora Husson, estava condenado à morte naquele momento e, portanto, não podia casar-se com a viúva do fornecedor. Ele foi mesmo obrigado a deixar a França por algum tempo. Aos 22 anos, angustiada, a senhora Husson casou-se com um funcionário chamado Clapart, um jovem de 27 anos, que parecia ter um grande futuro. Deus proteja as mulheres dos belos jovens com grandes futuros! Nessa época, os funcionários tornavam-se rapidamente pessoas importantes, pois o imperador procurava pessoas capazes. Mas Clapart, dotado de uma beleza vulgar, não tinha nenhuma inteligência. Acreditando que a senhora Husson fosse muito rica, ele havia fingido ter uma grande paixão e acabara por se tornar um peso para ela, não satisfazendo, nem no presente, nem no futuro, as necessidades que ela havia desenvolvido durante seus dias de opulência. Clapart ocupava muito mal um lugar no Ministério das Finanças, que não lhe rendia mais de 1800 francos de ordenado. Quando Moreau, depois de voltar para a propriedade do conde de Sérisy, antes de se casar, soube da terrível situação em que se encontrava a senhora Husson, ele a colocou como primeira camareira de *Madame-mère*, a mãe do imperador. Apesar dessa poderosa proteção, Clapart não conseguiu progredir, pois sua falta de capacidade era evidente demais. Arruinada em 1815 com a queda do imperador, a brilhante Aspásia do Diretório ficou sem nenhum outro recurso, exceto um cargo de 1200 francos de ordenado que conseguiram para Clapart, graças ao conde de Sérisy, nos escritórios da Prefeitura de Paris. Moreau, o único protetor daquela mulher que conhecera quando ela possuía milhões, obteve para Oscar Husson uma bolsa parcial da Prefeitura de Paris para o colégio Henrique IV, e mandava à rua da Cerisaie, por intermédio de Pierrotin, tudo que se pode oferecer como auxílio a uma família em dificuldades. Oscar era todo o futuro, toda a vida de sua mãe. A única coisa que se poderia reprovar àquela pobre mulher era o exagero de seu amor por aquela criança, que o padrasto não suportava. Infelizmente, Oscar possuía um traço de idiotice que passava despercebido à mãe, apesar do sarcasmo de Clapart. Essa idiotice ou, mais exatamente, essa presunção, inquietava de tal modo ao administrador que ele pediu que a senhora Clapart lhe enviasse o rapaz durante um mês, para que ele o conhecesse melhor e pudesse indicar para qual carreira estaria melhor destinado. Moreau pensava em algum dia apresentar Oscar ao conde como seu sucessor. Mas para dar exatamente ao diabo e a Deus o que lhes cabia, talvez fosse útil observar as causas do orgulho idiota de Oscar, observando que ele nascera na mansão de *Madame-mère*, a mãe do imperador. Durante sua primeira infância, seus olhos foram ofuscados pelos esplendores imperiais. Sua imaginação fértil acabou por conservar as impressões daqueles quadros estonteantes, guardando uma imagem desse tempo de ouro e de festas, com a esperança de recuperá-lo. A arrogância natural dos estudantes, todos querendo brilhar às custas dos outros, apoiada nas lembranças de infância, desenvolveu-se exageradamente nele. Talvez também a mãe se lembrasse com complacência demasiada dos dias em que ela fora uma das rainhas da Paris do Diretório. Enfim, Oscar, que acabava de concluir os estudos, tivera de enfrentar no colégio as humilhações que os alunos pagantes despejam por qualquer motivo sobre os bolsistas, quando os bolsistas não sabem conquistar um certo respeito com uma força física superior. Essa mistura de esplendor antigo perdido, de beleza passada, de ternura que aceita a pobreza, de esperança nesse filho, de cegueira materna, de sofrimentos suportados estoicamente fazia dessa mãe uma dessas figuras sublimes que, em Paris, chamam a atenção dos observadores.

Incapaz de adivinhar a ligação profunda de Moreau com essa mulher, nem a dessa mulher com seu protegido de 1797, que se transformara em seu único amigo, Pierrotin não quis exprimir a suspeita que passara por sua cabeça relativamente ao perigo em que Moreau se encontrava. A frase terrível "É melhor cuidarmos de nossas preocupações!", dita pelo camareiro, voltava ao coração do condutor, bem como o sentimento de obediência devido àqueles que ele considerava superiores. Além disso, nesse momento, Pierrotin sentia na cabeça tantas dores quantas moedas de 100 centavos existem em mil francos! Uma viagem de sete léguas parecia sem dúvida muito longa para a imaginação dessa pobre mãe que, em sua vida elegante, raramente havia ido além das barreiras. Desse modo, as palavras "Claro, senhora!" e "Sim, senhora!", repetidas por Pierrotin, demonstravam bem que o condutor desejava escapar a recomendações evidentemente longas e inúteis.

— Arrume os pacotes de maneira que não se molhem, se por acaso o tempo mudar.

— Tenho uma lona — disse Pierrotin. — Além disso, veja, senhora, com quanto cuidado os carregamos.

— Oscar, não fique mais de 15 dias, por mais que insistam — disse a senhora Clapart, virando-se para o filho. Faça o que fizer, você não conseguirá agradar à senhora Moreau. Além do mais, você deve estar aqui no final de setembro. Você sabe que devemos ir a Belleville à casa de seu tio Cardot.

— Sim, mamãe.

— Acima de tudo — disse ela, abaixando a voz —, não fale nunca de assuntos domésticos... Lembre-se que a senhora Moreau foi camareira...

— Sim, mamãe...

Oscar, como todos os jovens com amor-próprio excessivamente sensível, parecia contrariado por ouvir todas essas recomendações diante da porta do hotel Leão de Prata.

— Está bem, mamãe; já vamos partir, o cavalo já está atrelado.

A mãe, sem se lembrar mais que estava em plena faubourg Saint-Denis, beijou seu Oscar e lhe disse, tirando um pãozinho de sua cesta de compras:

— Veja, você ia esquecendo do pãozinho e do chocolate! Meu filho, repito, não coma nada nas tabernas, porque cobram pelas menores coisas 10 vezes mais do que elas valem.

Oscar gostaria que a mãe estivesse bem longe quando ela colocou o pão e o chocolate em seu bolso. Essa cena teve duas testemunhas, dois rapazes, alguns anos mais velhos do que Oscar, mais bem vestidos do que ele, que estavam sem as mães, e cujos modos, roupas e feições demonstravam completa independência, objeto do desejo de um filho que ainda se encontra sob o domínio imediato de sua mãe. Aqueles dois jovens representavam assim o mundo inteiro para Oscar.

— Ele fala *mamãe* — disse rindo um dos dois desconhecidos.

Oscar ouviu esse comentário e reagiu dizendo:

— Adeus, minha mãe! — acompanhado de um terrível gesto de impaciência.

É verdade que a senhora Clapart falava um pouco alto demais e parecia confiar aos que passavam o segredo de sua ternura.

— O que foi, Oscar? — perguntou a pobre mãe, magoada. — Você não costuma falar assim — retrucou ela com ar grave, crendo-se capaz de lhe impor respeito (erro comum de todas as mães que mimam seus filhos). — Escute, meu Oscar — disse ela, retomando sua voz terna —, você tende a tagarelar, a dizer tudo o que sabe e tudo o que não sabe, e isso por orgulho, por um tolo amor-próprio de jovem. Repito, esforce-se por controlar sua língua. Você ainda não viveu o bastante para julgar as pessoas que vai encontrar, e não há nada mais perigoso do que falar demais em veículos públicos. Por isso, nas diligências, as pessoas costumam viajar em silêncio.

Os dois rapazes que, provavelmente, haviam ido até o fundo do estabelecimento, fizeram ouvir de novo o ruído de suas botas. Eles podiam ter ouvido aquele sermão e, assim, para se livrar da mãe, Oscar recorreu a um meio heroico que mostra como o amor-próprio estimula a inteligência.

— Mamãe — disse ele —, você está pegando uma corrente de ar e pode se resfriar. Além disso, devo entrar no carro.

O rapaz havia tocado em um ponto sensível, pois a mãe o abraçou e beijou, como se ele fosse partir em uma viagem longa, e o acompanhou até o cabriolé, com lágrimas nos olhos.

— Não se esqueça de dar cinco francos aos criados — disse ela. — Escreva para mim pelo menos três vezes nesses 15 dias. Comporte-se bem e lembre-se de tudo que lhe recomendei. Você tem roupas suficientes para que não seja preciso lavá-las. Enfim, lembre-se sempre da bondade do senhor Moreau, ouça-o como a um pai e siga os conselhos que ele lhe der.

Ao subir no cabriolé, Oscar deixou ver suas meias azuis por sua calça ter subido bruscamente, e o fundilho novo da calça apareceu por seu casaco ter se aberto. Assim, os sorrisos dos dois rapazes, a quem esses sinais de uma pobreza honrada não escaparam, feriu novamente o amor-próprio do jovem.

— Oscar sentou-se no primeiro lugar — disse a mãe a Pierrotin. — Vá para o fundo — disse ela, olhando Oscar com ternura e lhe sorrindo com amor.

Ah, como Oscar lamentou que as tristezas e as dificuldades tivessem alterado a beleza de sua mãe, que a miséria e a dedicação a impedissem de se vestir bem! Um dos rapazes, o que usava botas e esporas, deu uma cotovelada no outro e mostrou-lhe a mãe de

Oscar. O outro torceu o bigode com um gesto que significava: "Bela mulher!".

"Como posso me livrar de minha mãe?", pensou Oscar, com ar preocupado.

— O que você tem? — perguntou a senhora Clapart.

Oscar fingiu não ter ouvido, o ingrato! Talvez, nessa circunstância, a senhora Clapart não demonstrasse tato. Mas os sentimentos absolutos são muito egoístas.

— Georges, você gosta de viajar com crianças? — perguntou o rapaz ao amigo.

— Sim, se elas já foram desmamadas, se seu nome for Oscar e se tiverem chocolates, meu caro Amaury.

Essas frases foram ditas à meia-voz para deixar Oscar livre para ouvir ou não; a resposta dele indicaria ao outro até que ponto ele poderia implicar com o rapaz para se distrair durante a viagem. Oscar fez de conta que não tinha ouvido. Ele olhou a seu redor para saber se a mãe, que ele sentia como um pesadelo, ainda se encontrava ali, pois sabia que ela o amava demais para ter ido embora tão rapidamente. Ele não só comparava, involuntariamente, as vestes de seu companheiro de viagem com as suas, mas também sentia que as roupas de sua mãe eram uma das causas do sorriso sardônico dos dois rapazes.

"Eles podiam ir embora!", pensou Oscar.

Agora Amaury acabava de dizer a Georges, dando uma leve batida de bengala na roda do cabriolé:

— E você vai confiar seu futuro a este veículo frágil?

— É o jeito! — disse Georges, com ar fatal.

Oscar deu um suspiro, observando o modo impertinente com que o rapaz usava o chapéu sobre a orelha, como se quisesse mostrar os magníficos cabelos loiros, bem crespos, enquanto ele usava, por ordem do padrasto, os cabelos negros cortados bem curtos, como os dos soldados. O rapaz, vaidoso, tinha um rosto redondo e bochechudo, com as cores da boa saúde, enquanto o rosto de seu companheiro de viagem era longo, fino e pálido. A fronte desse jovem era ampla, e seu peito era protegido por um colete com aparência de caxemira. Admirando a calça justa cinzenta e o casaco com cordões decorativos e com botões olivares, ajustado na cintura, parecia a Oscar que esse desconhecido, dotado de tantas vantagens, abusava de sua superioridade em relação a ele, do mesmo modo que uma mulher feia sente-se diminuída apenas pela aparência de uma bela mulher. O ruído do calcanhar das botas ferradas, que o desconhecido fazia soar um pouco demais para o gosto de Oscar, retinia até o coração. Enfim, Oscar se incomodava tanto por suas roupas terem sido feitas em casa e cortadas das roupas antigas de seu padrasto quanto o rapaz invejado se achava à vontade nas suas. "Esse cara deve ter uns dez francos no bolso", pensou Oscar. O rapaz se virou. Como Oscar se sentiu mal ao perceber que o rapaz usava uma corrente de ouro ao redor do pescoço e, sem dúvida, havia um relógio de ouro pendurado nela! O desconhecido tomou, aos olhos de Oscar, proporções de uma personagem.

Criado na rua da Cerisaie desde 1815, Oscar, cujo padrasto o buscava no colégio e o levava de volta nos dias de folga, não tinha outros pontos de referência, desde sua puberdade, a não ser o pobre lar materno. Criado com severidade segundo os conselhos de Moreau, ele não ia com frequência a espetáculos e não fora além do teatro de Ambigu-Comique, onde seus olhos não viam muita elegância, se é que a atenção que uma criança presta ao melodrama lhe permite examinar os que estão na sala. Seu padrasto ainda usava, segundo a moda do Império, o relógio no bolso da calça e deixava pender sobre seu abdômen uma grossa corrente de ouro terminada por um conjunto de berloques variados, sinetes, uma chave de argola redonda e chata na qual se via uma paisagem em mosaico. Oscar, que considerava esse antigo luxo como a última moda, ficou aturdido pela revelação de uma elegância superior e desprocupada. O rapaz exibia luvas bem cuidadas e parecia querer cegar Oscar ao agitar com graça uma bengala elegante com castão de ouro. Oscar chegava à última fase da adolescência, na qual pequenas coisas criam grandes alegrias e grandes tristezas, na qual se prefere uma desgraça a uma vestimenta ridícula, na qual o amor-próprio não se liga aos grandes interesses da vida, mas sim a frivolidades, à aparência e ao desejo de parecer homem. Os adolescentes se engrandecem, e o orgulho é ainda mais exorbitante por se apoiar em pequenos nadas, mas se invejam um tolo bem vestido, eles também se entusiasmam com o talento e admiram o homem inteligente. Esses defeitos, quando não se enraizam no coração, demonstram a exuberância do sangue, o luxo da imaginação. Mas quando um jovem de 19 anos, filho único, criado com severidade na casa paterna devido à pobreza de um funcionário com 1200 francos, mas adorado e por quem a mãe se impõe duras privações, admira um rapaz de 22 anos, inveja seu casaco ornado com alamares forrado de seda, o colete de caxemira falsa e a gravata passada em um anel de mau gosto, não são esses pecadilhos cometidos em todos os níveis da sociedade pelo inferior que inveja seu superior? Até mesmo o homem inteligente é presa dessa primeira paixão. Rousseau, de Genebra, não admirou Venture e Bacle? Mas Oscar passou do pecado à falta, sentiu-se humilhado, ficou irritado com o companheiro de viagem e sentiu um desejo secreto de lhe provar que era tão bom quanto ele. Os dois rapazes ainda passeavam da porta às cocheiras, das cocheiras à porta, iam até a rua e, ao retornar, sempre olhavam para Oscar, encolhido em um canto. Oscar, persuadido de que as risadas dos rapazes se referiam a ele, fingia a mais profunda indiferença. Ele começou a cantarolar o refrão de uma canção que se tornara moda entre os liberais e que dizia: "A culpa é de Voltaire, a culpa é de Rousseau". Essa atitude fez, provavelmente, que pensassem que ele era um pequeno funcionário.

— Olha, talvez ele seja um dos cantores do coro da Ópera — disse o passageiro.

Exasperado, o pobre Oscar deu um pulo, levantou o encosto e disse a Pierrotin:

— Quando vamos partir?

— Em pouco tempo — respondeu o condutor, que segurava o chicote e olhava para a rua de Enghien.

Nesse momento, a cena foi animada pela chegada de um rapaz, acompanhado por um moleque. Eles eram seguidos por um entregador que puxava um carreto por uma alça. O rapaz foi conversar confidencialmente com Pierrotin, que balançou a cabeça e chamou o bagageiro. O bagageiro acorreu para ajudar a descarregar o carreto que continha, além de duas malas, baldes, pincéis, caixas de formas estranhas, uma infinidade de pacotes e utensílios que o mais jovem dos dois novos viajantes, que subira até o toldo, acomodava e prendia com tanta presteza que o pobre Oscar, sorrindo para a mãe que estava esperando do outro lado da rua, não percebeu nenhum utensílio que pudesse revelar a profissão dos dois novos companheiros de viagem. O moleque, com cerca de 16 anos, usava uma blusa cinzenta fechada por um cinto de couro envernizado. Seu boné, intrepidamente usado à banda, anunciava uma personalidade brincalhona, confirmada pela desordem pitoresca dos cabelos castanhos encaracolados que caíam sobre os ombros. A gravata de tafetá preto desenhava uma linha escura sobre um pescoço muito branco e destacava ainda mais a vivacidade de seus olhos cinzentos. A animação do rosto moreno, corado, a conformação dos lábios grossos, as orelhas afastadas da cabeça, o nariz arrebitado, todos os detalhes de sua fisionomia indicavam um espírito zombeteiro de Fígaro e a despreocupação da juventude, do mesmo modo que a vivacidade dos gestos e o olhar brincalhão revelavam uma inteligência já desenvolvida pela prática de uma profissão adotada desde cedo. Como se ele já tivesse algum valor moral, esse moleque, tornado homem pela Arte ou pela Vocação, parecia indiferente à questão das roupas, pois olhava suas botas não engraxadas com ar zombeteiro e examinava sua calça simples de brim em busca de manchas, não tanto para livrar-se delas, mas para ver seu efeito.

—Em que belo tom estou! — disse ele, sacudindo-se e se dirigindo a seu companheiro.

O olhar deste revelava uma autoridade sobre o moleque, em quem os olhos experientes teriam reconhecido um alegre aprendiz de pintura, o que no jargão dos ateliês se costuma chamar de *borra-tintas*.

—Comporte-se, Mistigris! — respondeu o professor, dizendo o sobrenome que o ateliê sem dúvida lhe impusera.

Esse viajante era um jovem magro e pálido, de cabelos negros, extremamente abundantes e em total desordem, mas essa cabeleira abundante parecia necessária a uma cabeça enorme, cuja fronte ampla indicava uma inteligência precoce. O rosto atormentado, original demais para ser considerado feio, era encovado, como se esse jovem singular sofresse ou de uma doença crônica ou das privações impostas pela miséria, que é uma terrível doença crônica, ou de tristezas recentes demais para serem esquecidas. Suas vestimentas, quase análogas às de Mistigris, guardadas as devidas proporções, consistiam em um casaco comum e surrado, mas limpo e bem escovado, de cor verde militar, um colete preto, abotoado até o alto, como o casaco, e que mal deixava ver um lenço vermelho ao redor do pescoço. Uma calça preta, tão usada quanto o casaco, flutuava ao redor das pernas magras. Por fim, as botas enlameadas indicavam que ele viera de longe, a pé. Com um olhar rápido, o artista examinou as profundezas do hotel Leão de Prata, os estábulos, os tons de luz, os detalhes, e olhou ironicamente para Mistigris, que o havia imitado.

— Bonito! — disse Mistigris.

— Sim, é bonito — repetiu o desconhecido.

— Chegamos cedo demais — disse Mistigris. — Não podemos comer alguma coisa? Meu estômago é como a natureza, detesta o vazio!

— Podemos tomar uma xícara de café? — perguntou o rapaz, com voz suave, a Pierrotin.

— Não demorem muito.

— Bom, temos 15 minutos — respondeu Mistigris, indicando assim a observação rápida inata aos *borra-tintas* de Paris.

Os dois viajantes desapareceram. Soaram as nove horas na cozinha do hotel. Georges achou justo e razoável questionar Pierrotin.

— Ah, meu amigo, quando se dirige um carro como este — disse ele, batendo com a bengala na roda —, seria bom ter ao menos o mérito da pontualidade. Que diabos! Ninguém entra aí por diversão; é preciso ter assuntos prementes para confiar os ossos a este carro. E esse pangaré a que chama de Rougeot não conseguirá recuperar o tempo perdido.

— Vamos atrelar Bichette enquanto os outros dois viajantes tomam café — respondeu Pierrotin. — Vá então — disse ele ao bagageiro — ver se o senhor Léger virá conosco...

— E onde está esse senhor Léger? — disse Georges.

— Ali em frente, no número 50. Ele não achou lugar no carro de Beaumont — disse Pierrotin ao bagageiro sem responder a Georges e indo buscar Bichette.

Georges, a quem o amigo dera a mão, subiu ao carro, não sem antes jogar para dentro, com ar importante, uma grande pasta que colocou sob a almofada. Ele se sentou no canto oposto ao que Oscar ocupava.

— O senhor Léger me preocupa — disse ele.

— Não podem nos tirar de nossos lugares, tenho o número um — respondeu Oscar.

— E eu, o dois — respondeu Georges.

No mesmo momento em que Pierrotin chegava com Bichette, o bagageiro apareceu acompanhado por um homem grande, que pesava pelo menos 120 quilos. O senhor Léger pertencia à categoria de fazendeiro barrigudo, com costas quadradas, rabicho empoado e vestido com um casaco de tecido azul. Suas polainas brancas chegavam abaixo dos joelhos e prendiam os culotes de veludo listrado, fechados com fivelas de prata. Cada um dos sapatos ferrados pesava pouco menos de um quilo. Por fim, ele trazia um pequeno bastão avermelhado e seco, brilhante, de ponta grossa, preso por um cordão de couro em torno do punho.

— O senhor é Léger? — perguntou Georges em tom sério, quando o fazendeiro colocou um dos pés sobre o estribo.

— A seu serviço — disse o fazendeiro, mostrando um rosto parecido ao de Luís XVIII, com bochechas coradas e um nariz que em qualquer outro rosto teria parecido enorme. Os olhos alegres eram rodeados por pregas de gordura. — Vamos, dê-me uma mão, meu rapaz — disse a Pierrotin.

O fazendeiro foi ajudado pelo bagageiro e pelo condutor, enquanto Georges gritava:

— Upa! Aí! Força!

— Ah! Não vou muito longe, só até La Cave — disse o fazendeiro, brincando em resposta ao gracejo.

Na França, todos são brincalhões.

— Sente-se no fundo — disse Pierrotin —, vocês serão seis.

— E o outro cavalo? — perguntou Georges. — Ele vale mesmo por dois?

— Veja só, rapaz — disse Pierrotin, apontando para a pequena égua que viera solitária.

— Ele chama esse inseto de cavalo — disse Georges, surpreso.

— Ah! Esse cavalinho é bom — disse o fazendeiro, depois de se sentar. — Bom dia, senhores. Vamos embora, Pierrotin?

— Espero dois passageiros que estão tomando café — respondeu o condutor.

O rapaz de rosto magro e seu companheiro chegaram logo depois.

— Vamos partir! — disseram todos.

— Vamos partir — respondeu Pierrotin. Pode nos soltar — disse ele ao bagageiro, que retirou as pedras que calçavam as rodas.

O condutor pegou as rédeas de Rougeot e deu o grito gutural que indicava aos animais para juntar suas forças; apesar de entorpecidos, eles puxaram o veículo, que Pierrotin parou diante da porta do Leão de Prata. Depois dessa manobra de preparação, ele olhou para a rua de Enghien e saiu, deixando o veículo sob os cuidados do bagageiro.

— O que foi isso? Um ataque? — perguntou Mistigris ao bagageiro.

— Ele foi buscar aveia na cocheira — respondeu o auvérnio, que conhecia todos os truques para aumentar a paciência dos passageiros.

—Afinal de contas — disse Mistigris — *O tempo é a melhor miséria.*

Nessa época, a moda de alterar provérbios reinava nos ateliês de pintura. Fazia sucesso encontrar uma mudança de algumas letras ou de uma palavra semelhante que desse ao provérbio um sentido bizarro ou engraçado.

—*Paris não foi construída em uma pia* — respondeu o mestre.

Pierrotin retornou pela rua de Échiquier, acompanhado pelo conde de Sérisy com quem, provavelmente, havia conversado por alguns minutos.

—Senhor Léger, poderia ceder seu lugar ao senhor conde? Meu carro ficaria com a carga mais equilibrada.

—E nós só partiremos daqui a uma hora se continuar desse jeito — disse Georges. — Será preciso tirar essa barra dos infernos, que tanto trabalho deu para colocar, e todos terão de descer por causa de um passageiro que se atrasou. Cada um tem direito ao lugar que ocupa. Qual é o lugar desse senhor? Fazemos uma chamada? Tem um papel, uma folha de registro? Qual é o lugar do senhor conde, aliás, conde de quê?

—Senhor conde — disse Pierrotin, visivelmente constrangido —, o senhor ficará mal acomodado.

—Não sabia quantos passageiros tinha? — perguntou Mistigris. — *Bons condes fazem bons palitos.*

—Comporte-se, Mistigris — gritou com seriedade o rapaz magro.

O senhor de Sérisy evidentemente havia sido considerado pelos outros passageiros como um burguês chamado Conde.

—Não desaloje ninguém — disse o conde a Pierrotin —, viajarei com você na frente.

—Vamos, Mistigris — disse o rapaz magro ao moleque —, lembre-se do respeito devido à velhice! Você não sabe o quanto poderá ficar terrivelmente velho. *As viagens deformam a juventude*, por isso ceda seu lugar ao senhor.

Mistigris abriu a porta da frente do cabriolé e desceu com a rapidez de uma rã que se joga na água.

—O senhor não pode viajar como um *coelho*, caro senhor — disse ele ao senhor de Sérisy.

—Mistigris, *As artes são amigáveis ao homem* — lhe respondeu o rapaz magro.

—Agradeço, senhor — disse o conde ao rapaz que passou assim a ser seu vizinho.

E o homem de Estado lançou um olhar sagaz ao fundo do carro, o que muito ofendeu Oscar e Georges.

—Já estamos com um atraso de uma hora e 15 minutos — disse Oscar.

—Quando se quer um carro à disposição, é preciso comprar todos os lugares — observou Georges.

A partir daí, certo de estar incógnito, o conde de Sérisy não respondeu a essas observações e tomou os ares de um burguês de temperamento calmo.

—Se vocês se atrasassem, não gostariam que os esperássemos? — disse o fazendeiro aos dois jovens.

Pierrotin ficou olhando para a porta Saint-Denis, segurando o chicote, e hesitava em subir para o banco duro onde estava Mistigris.

—Se ainda espera alguém — disse então o conde —, então não sou o último.

—Concordo com o raciocínio — disse Mistigris.

Georges e Oscar começaram a rir com insolência.

— O velho não é forte — disse Georges a Oscar, que ficou encantado em parecer ligado a Georges.

Pierrotin sentou-se à direita, em seu lugar, e se inclinou para olhar para trás, sem encontrar na multidão os dois passageiros que faltavam para completar sua lotação.

— Por Deus! Dois passageiros a mais não seriam nada mal.

— Ainda não paguei, vou descer — disse Georges, assustado.

— O que espera, Pierrotin? — disse o senhor Léger.

Pierrotin deu então um grito em que Bichette e Rougeot reconheceram uma decisão definitiva e os dois cavalos começaram a subir o subúrbio em um passo acelerado que logo começou a diminuir.

O conde tinha um rosto totalmente vermelho, mas de um vermelho ardente no qual se destacavam alguns pontos inflamados, e que era realçado pelo cabelo completamente branco. Essa pele teria revelado a outras pessoas, exceto os rapazes, uma inflamação constante do sangue causada por imensos trabalhos. Aquelas erupções prejudicavam tanto o ar nobre do conde que seria necessário um exame atento para encontrar em seus olhos verdes a fineza do magistrado, a profundidade do político e a ciência do legislador. O rosto era achatado, o nariz parecia ter sido apertado. O chapéu ocultava a graça e a beleza da fronte. Enfim, ele tinha algo que fazia rir a juventude despreocupada, no contraste bizarro dos cabelos brancos com as sobrancelhas grossas e cheias que continuavam pretas. O conde, que usava um casaco longo azul, de abotoamento militar até o alto, tinha uma gravata branca ao redor do pescoço, algodão nas orelhas, e um colarinho largo que criava um quadrado branco sobre cada lado do rosto. A calça preta cobria as botas, que quase não apareciam. Não usava condecorações na lapela e as luvas de camurça escondiam completamente as mãos. Com certeza, para os rapazes, nada indicava que esse homem fosse um nobre, um dos homens mais úteis ao país. O senhor Léger nunca tinha visto o conde que, por sua vez, apenas o conhecia de nome. Se o conde, ao subir ao carro, lançara aquele olhar perspicaz que ofendera a Oscar e Georges, é que buscava o funcionário de seu notário para lhe indicar que guardasse silêncio, caso tivesse sido obrigado, como ele, a tomar o carro de Pierrotin; mas tranquilizado pela postura de Oscar, pela do senhor Léger e, sobretudo, pelo ar quase militar, pelo bigode e pela aparência de prosperidade que distinguiam Georges, ele pensou que seu recado havia chegado a tempo à casa do senhor Alexandre Crottat.

— Senhor Léger — disse Pierrotin, chegando à forte subida da faubourg Saint-Denis para a rua Fidélité —, desça, por favor!

— Descerei também — disse o conde ao ouvir esse nome —, é preciso aliviar os cavalos.

— Ah! Se continuarmos assim, faremos catorze léguas em quinze dias! — exclamou Georges.

— A culpa é minha? — disse Pierrotin. — Um passageiro quer descer.

— Receberá dez luízes, se guardar fielmente o segredo que lhe pedi — disse em voz baixa o conde, tomando Pierrotin pelo braço.

"Ah! Os meus mil francos" pensou Pierrotin, depois de piscar para o senhor de Sérisy, querendo dizer: "Conte comigo!"

Oscar e Georges continuaram no carro.

— Ouça, Pierrotin, pois é esse seu nome — exclamou Georges quando os passageiros retornaram depois da subida —, se não pode ir melhor do que isso, diga logo! Pago o meu lugar e alugo um cavalo em Saint-Denis, pois tenho assuntos importantes que serão comprometidos por um atraso.

— Ah! Correrá tudo bem — respondeu o senhor Léger. — E, além disso, a estrada não é muito longa.

— Nunca cheguei com mais de meia hora de atraso — retrucou Pierrotin.

— Enfim, não está levando o papa, não é? — disse Georges. — Então, vamos!

— Não deve ter preferências e, se teme sacudir demais o senhor — disse Mistigris, apontando para o conde —, isso não está certo.

— Todos os passageiros são iguais para o cabriolé, como os franceses perante a lei — disse Georges.

— Fique tranquilo — disse o senhor Léger —, chegaremos a Chapelle antes do meio-dia.

Chapelle é a aldeia vizinha à barreira de Saint-Denis.

Todos os que já viajaram sabem que as pessoas, reunidas pelo acaso em um veículo, não estabelecem rapidamente um relacionamento e, exceto em circunstâncias raras, elas só conversam depois de ter percorrido uma certa parte do caminho. Esse tempo de silêncio é usado também para o exame mútuo e para a tomada de posse do lugar em que cada um se encontra; as almas têm tanta necessidade quanto o corpo de se acomodar. Quando cada um crê ter descoberto a verdadeira idade, a profissão, o caráter de seus companheiros, o mais conversador começa, e a conversa é entabulada com mais calor quando todos sentem a necessidade de amenizar a viagem e evitar aborrecimentos. As coisas são assim nos veículos franceses. Em outros países, a situação é bem diferente. Os ingleses se orgulham de não abrir a boca, os alemães mostram-se tristes, e os italianos são prudentes demais para conversar; os espanhóis não têm diligências, e os russos não têm estradas. Assim, apenas nos veículos pesados da França é que as pessoas se divertem, nesse país tão falante, tão indiscreto, onde todos se apressam a rir e a mostrar sua inteligência, onde o ridículo anima todos, desde as misérias das classes baixas até os sérios interesses dos grandes burgueses. A polícia não interfere na língua e o parlamento transformou a discussão em moda. Quando um jovem de 22 anos, como esse que se ocultava sob o nome de Georges, tem inteligência, abusa bastante desse hábito, especialmente na atual situação. Em primeiro lugar, Georges considerou-se desde o princípio o ser superior dessa reunião. Ele viu no conde um industrial de segunda classe, imaginando-o um cuteleiro, viu um covarde no rapaz raquítico acompanhado por Mistigris, um tolo em Oscar e, no gordo fazendeiro, uma excelente natureza para enganar. Depois de ter chegado a tais conclusões, ele decidiu se divertir às custas de seus companheiros de viagem.

"Vejamos", pensou ele enquanto o cabriolé de Pierrotin descia de La Chapelle e se lançava na planície de Saint-Denis, "vou fingir ser Étienne ou Béranger? Não, esses passageiros não devem conhecer nem um nem o outro. Carbonaro? Não, isso poderia me levar à prisão. E se eu fosse um dos filhos do marechal Ney? Não! O que eu poderia contar a eles? A execução de meu pai. Mas isso não seria divertido. E se eu viesse de Champ-d'Asile? Eles poderiam me tomar por um espião e desconfiariam de mim. Se eu for um príncipe russo disfarçado, poderia falar a eles de detalhes famosos sobre o imperador Alexandre... E se eu fingir ser Cousin, professor de filosofia?... Ah! Isso poderia funcionar! Não, o magricelo com cabelos eriçados parece ter passado por cursos na Sorbonne. Por que não pensei antes em como enganá-los? Imito tão bem os ingleses que poderia fingir ser o lorde Byron, viajando incógnito. Que coisa! Errei a mão. Ser filho de um carrasco? É uma boa ideia para conseguir um lugar no almoço. Ah! Bom, posso ter comandado as tropas de Ali, paxá de Janina!..."

Durante esse monólogo interior, o carro rodava entre as nuvens de poeira que subiam incessantemente das laterais dessa estrada tão transitada.

— Quanta poeira — disse Mistigris.

— Henrique IV morreu — respondeu com vivacidade seu companheiro. — Se pelo menos dissesse que ela tem cheiro de baunilha, teria sido uma opinião nova.

— Você está querendo brincar — respondeu Mistigris. — Pois bem, isso me lembra algumas vezes do cheiro da baunilha.

— No Levante... — disse George, querendo encadear uma história.

— Quem levanta? — disse o companheiro de Mistigris, interrompendo Georges.

— Eu quis me referir ao Levante, o Oriente, de onde venho — respondeu Georges. — A poeira lá tem um perfume muito bom, mas aqui, ela só tem cheiro quando se passa por um depósito de esterco como este!

— O senhor vem do Oriente? — disse Mistigris, com ar irônico.

— Você bem vê que o senhor está tão cansado que se colocou ao poente — respondeu seu companheiro.

— O senhor não está muito queimado de sol — disse Mistigris.

— Ah! Fiquei três meses acamado, com uma doença que, segundo disseram os médicos, era uma peste recolhida.

— O senhor teve peste! — exclamou o conde, com um gesto de temor. — Pare, Pierrotin!

— Continue, Pierrotin! — retrucou Mistigris. — Disseram que era uma peste recolhida — disse ele, voltando-se para o senhor de Sérisy. — É uma peste que passa na conversa.

— Uma peste daquelas que se diz: Peste! — exclamou o pintor.

— Ou "que a peste carregue o burguês!" — respondeu Mistigris.

— Mistigris! — repreendeu o pintor. — Eu o deixo a pé se criar problemas. Quer dizer — falou, voltando-se para Georges —, que o senhor foi ao Oriente?

— Sim, senhor, primeiro ao Egito e, depois à Grécia, onde servi a Ali, paxá de Janina, com quem tive uma discussão horrível. É muito difícil resistir àqueles climas. Além disso, as emoções de todo tipo provocadas pela vida oriental me causaram problemas de fígado.

— Ah! O senhor serviu ao paxá? — disse o gordo fazendeiro. — Quantos anos tem, então?

— Tenho 29 anos — respondeu Georges, que foi olhado por todos os passageiros. — Aos 18 anos, parti como um simples soldado para a famosa campanha de 1813, mas só vi a batalha de Hanau e nela ganhei o posto de sargento. Na França, em Montereau, fui nomeado subtenente e condecorado por... (Não há aqui informantes?) pelo imperador.

— O senhor foi condecorado — disse Oscar — e não usa a cruz?

— Uma cruz aqui? Bom dia! Quem é, além disso, o homem que usa condecorações enquanto viaja? Vejam aquele senhor — disse ele, apontando o conde de Sérisy —, aposto o que quiserem...

— Apostar tudo o que quiserem, na França, é um modo de nada apostar — disse o companheiro de Mistigris.

— Aposto tudo o que quiserem — continuou Georges, com afetação — que esse senhor está coberto de condecorações.

— Tenho — respondeu rindo o conde de Sérisy — a grã-cruz da Legião de Honra, a de Santo André da Rússia, a da Águia da Prússia, a da Anunciata da Sardenha e a do Tosão de Ouro.

— Desculpe-me — disse Mistigris. — E tudo isso viaja de cabriolé?

— Ah! O homem cor de tijolo é bom de papo — disse Georges ao ouvido de Oscar. — Hein! O que foi que eu disse? — respondeu ele em voz alta. — Por mim, não escondo que adoro o imperador.

— Eu o servi — disse o conde.

— Que homem, não é? — exclamou Georges.

— Um homem a quem devo muitas obrigações — respondeu o conde, com um ar simples muito convincente.

— Suas cruzes ? — disse Mistigris.

— E como ele usava o tabaco! — respondeu o senhor de Sérisy.

— Ah! Ele sempre tinha os bolsos repletos — disse Georges.

— Já me disseram isso — comentou o senhor Léger, com ar quase incrédulo.

— Além disso, ele mascava e fumava — respondeu Georges. — Eu o vi fumando de uma maneira estranha em Waterloo quando o marechal Soult tomou-o nos braços e o lançou no carro no momento em que ele segurava um fuzil e ia atacar os ingleses!

— Esteve em Waterloo? — disse Oscar, com olhos arregalados.

— Sim, meu jovem, estive na campanha de 1815. Fui capitão em Mont-Saint-Jean e me retirei para o Loire quando nos deram baixa. Mas a França me desagradava e não pude ficar aqui. Não, eu teria acabado na prisão. Assim, fui embora com mais dois ou três homens: Selves, Besson e outros que se encontram agora no Egito, a serviço do paxá Mohamed, um tipo muito engraçado, acreditem! Antigamente, simples comerciante de tabaco em Cavalle, está para se tornar um príncipe soberano. Devem tê-lo visto no quadro de Horace Vernet, *O massacre dos mamelucos*. Que belo homem! Eu não quis deixar a religião de meus pais e abraçar o islamismo, ainda mais que a conversão exige uma operação cirúrgica que nem penso em fazer. Depois, ninguém gosta de um renegado. Bom, talvez se tivessem me oferecido 100 mil francos de renda, mas mesmo assim... Não. O paxá ordenou que me dessem mil táleres como gratificação.

— O que é isso? — perguntou Oscar, que era todo ouvidos para o que dizia Georges.

— Ah, não é muita coisa. Um táler é aproximadamente uma moeda de 100 centavos. E não recebi gratificação suficiente para os vícios que contraí naquele país sem Deus, se é que se pode chamar aquilo de país. Agora não posso ficar sem fumar narguilé duas vezes por dia e isso custa dinheiro.

— Então, como é o Egito? — perguntou o senhor de Sérisy.

— O Egito é todo de areia — respondeu Georges, sem demora.

— A única área verde é o vale do Nilo. Tracem uma linha verde em uma folha de papel amarelo e terão o Egito. Por outro lado, os egípcios, os felás, têm uma vantagem sobre nós, pois não têm policiais. Ah! Pode-se viajar por todo o Egito sem ver um sequer.

— Suponho que existam muitos egípcios — disse Mistigris.

— Não há tantos assim — respondeu Georges. Há muito mais abissínios, não-muçulmanos, vechabitas, beduínos e coptas. Enfim, todos eles são tão pouco divertidos que fiquei bem feliz ao embarcar em um navio genovês que ia carregar pólvora para as ilhas jônicas e munições para Ali de Tébélen. Sabem que os ingleses vendem pólvora e munições a todos? Aos turcos, aos gregos e até venderiam ao diabo, se ele tivesse dinheiro. Assim, de Zante devíamos ir costeando o litoral da Grécia. Assim como me veem, meu nome, Georges, é famoso nesses países. Sou o neto do famoso Czerni-Georges que guerreou na Porta e que, infelizmente, em vez de arrombá-la foi ele mesmo atingido. Seu filho se refugiou na casa do cônsul francês de Esmirna e veio a morrer em Paris, em 1792, deixando minha mãe grávida de mim, seu sétimo filho. Nossos tesouros nos foram roubados por um dos amigos de meu avô e, assim, ficamos arruinados. Minha mãe, que vivia da renda de seus diamantes, vendidos um a um, casou-se em 1799 com o senhor Yung, meu padrasto, um fornecedor. Mas depois da morte de minha mãe, eu me desentendi com ele que, entre nós, é um canalha. Ele ainda está vivo, mas não nos vemos mais. Esse chinês abandonou todos nós, os sete, sem nem perguntar: "Você é um cão ou um lobo?" Foi por isso que, desesperado, parti em 1813 como um simples soldado. Não acreditariam com quanta alegria aquele velho Ali de Tébélen recebeu o neto de Czerni-Georges. Aqui, eu uso apenas o nome Georges. O paxá me deu um serralho.

— O senhor tem um serralho? — perguntou Oscar.

— O paxá tinha muitas mulheres? — perguntou Mistigris.

— Creio que não sabem — respondeu Georges — que apenas o sultão é que nomeia paxás, e que meu amigo Tébélen, pois éramos amigos como os Bourbons, se revoltou contra o padixá! Sabem, ou talvez não, que o verdadeiro nome do grão-senhor é padixá e não grão-turco nem sultão. Não é muita coisa ter um serralho. É como ter um rebanho de cabras. Aquelas mulheres são muito idiotas, e prefiro cem vezes mais as empregadas de Chaumière, em Montparnasse.

— Fica mais perto — disse o conde de Sérisy.

— As mulheres do serralho não sabem uma palavra de francês, e a língua é indispensável para nos entendermos. Ali me deu cinco mulheres legítimas e dez escravas. Em Janina, isso era como se eu nada tivesse. No Oriente, entendam, ter mulheres é algo comum, nós as temos como aqui temos Voltaire e Rousseau. Todos os têm, mas quem abre seu Voltaire ou seu Rousseau? Ninguém. E, no entanto, o correto é ser ciumento. Uma simples suspeita é o bastante para prender uma mulher em um saco e atirá-la à água, segundo um artigo da lei deles.

— Atirou alguma? — perguntou o fazendeiro.

— Claro que não! Sou francês! Eu as amei.

Então Georges torceu e retorceu o bigode, assumindo um ar sonhador. Entravam em Saint-Denis, onde Pierrotin parou diante de uma estalagem que vendia folhados famosos, e todos os passageiros desceram. Intrigado pelas aparências de verdade misturadas no que dizia Georges, o conde subiu rapidamente no veículo, olhou sob a almofada em busca da pasta que Pierrotin tinha dito ter sido guardada pelo personagem enigmático e leu, em letras douradas: "Crottat, notário". Instantaneamente, o conde tomou a liberdade de abrir a pasta, temendo com razão que o senhor Léger decidisse fazer o mesmo, e retirou o documento referente à fazenda de Moulineaux. Dobrou o documento, guardou-o no bolso do casaco e voltou a examinar os passageiros.

"Esse Georges é simplesmente o segundo assistente de Crottat. Enviarei meus cumprimentos a seu patrão, que deveria ter enviado seu primeiro assistente", pensou ele.

Diante do ar respeitoso do senhor Léger e de Oscar, Georges percebeu que tinha neles dois ardentes admiradores e assumiu uma postura de grande senhor, comprando-lhes folhados e um copo de vinho de Alicante, oferecendo o mesmo a Mistigris e a seu companheiro, aproveitando-se dessa generosidade para perguntar seus nomes.

— Ah, senhor — disse o companheiro de Mistigris —, não tenho um nome ilustre como o seu, nem venho da Ásia.

Nesse momento, o conde, que se apressara a voltar à enorme cozinha da estalagem a fim de não despertar suspeitas, pôde ouvir o fim dessa resposta.

— Sou apenas um pobre pintor que retorna de Roma, aonde fui com verbas do governo, depois de ter ganhado o primeiro prêmio há cinco anos. Meu nome é Schinner.

— Olá! Burguês, posso lhe oferecer um copo de vinho de Alicante e alguns folhados? — perguntou Georges ao conde.

— Obrigado — disse o conde —, nunca saio sem tomar uma xícara de café com creme.

—E não come nada entre as refeições? Como isso é hábito em Marais, Place Royale e Île Saint-Louis! — disse Georges. — Quando ele brincou há pouco sobre suas condecorações, julguei que fosse mais forte do que realmente é — disse ele em voz baixa ao pintor —, mas nós levaremos esse pequeno fabricante de velas até suas condecorações.

—Vamos, meu caro — disse ele a Oscar — sinta o cheiro do copo vertido para o merceeiro, isso fará com que seu bigode cresça.

Oscar quis se dar ares de adulto e, assim, bebeu um segundo copo e comeu mais três folhados.

—O vinho é bom — disse o senhor Léger, estalando a língua.

—É ainda melhor — disse Georges — por vir de Bercy! Eu fui a Alicante e, vejam vocês, este vinho é tanto dessa região como meu braço se assemelha a um moinho de vento. Nossos vinhos falsificados são bem melhores do que os vinhos naturais. Vamos, Pierrotin, um copo? Hein? É uma pena que os cavalos não possam tomar um copo cada um, pois assim iríamos mais rápido.

—Ah! Não vale a pena. Um dos meus cavalos já não tem cor — disse Pierrotin, mostrando Bichette, que tinha pelagem cinzenta.

Ao ouvir o trocadilho vulgar, Oscar achou que Pierrotin era prodigioso.

—Vamos embora! — Essa ordem de Pierrotin retiniu em meio a um estalido de chicote depois de os passageiros se acomodarem novamente. Eram então onze horas. O tempo, um pouco nublado, clareou; o vento alto carregou as nuvens, o azul do céu brilhou em alguns lugares e, quando o carro de Pierrotin lançou-se pela estradinha que separa Saint-Denis de Pierrefitte, o sol tinha acabado de beber os últimos vapores finos cujo véu diáfano envolvia as famosas paisagens dessa região.

— Então, por que deixou seu amigo, o paxá? — disse o senhor Léger a Georges.

— Porque ele era um patife singular — respondeu Georges, com ar de quem escondia muitos mistérios. — Vejam vocês, ele me deu o comando de sua cavalaria!

"Ah! É por isso que ele usa esporas", pensou o pobre Oscar.

— Nessa época, Ali de Tébélen precisava se livrar de Chosrew-Paxá, um outro belo pistoleiro! Aqui ele é conhecido como Chaureff, mas em turco, seu nome é pronunciado como Cossereu. Devem ter lido há algum tempo nos jornais que Ali derrotou Chosrew com facilidade. Bom, sem mim, Ali de Tébélen teria sido derrotado rapidamente em alguns dias. Eu estava no flanco direito quando vi Chosrew, um velhaco, penetrando pelo centro. Ah! Com força e com um belo movimento ao estilo de Murat. Bom! Fui com calma, fiz uma carga à toda e cortei ao meio a coluna de Chosrew, que havia ultrapassado o centro e que estava descoberto. Vocês me entendem. Ah! Mas depois do incidente, Ali me beijou...

— Isso é costume no Oriente? — perguntou o senhor de Sérisy, com ar zombeteiro.

— Sim, senhor — respondeu o pintor—, age-se assim em muitos lugares.

— Perseguimos Chosrew por 30 léguas na região, como se fosse uma caçada! — retomou Georges. — São bons cavaleiros, os turcos. Ali deu-me iatagãs, fuzis e sabres... em grande número! Ao voltar a sua capital, aquele farsante demoníaco fez-me propostas que não me convinham. Esses orientais são engraçados quando têm uma ideia. Ali queria que eu fosse seu favorito e seu herdeiro. Eu já estava cansado daquela vida. Afinal de contas, Ali de Tébélen estava em rebelião contra a Porta, e julguei conveniente sair pela outra porta. Mas, para fazer justiça ao senhor de Tébélen, devo reconhecer que ele me cobriu de presentes: diamantes, dez mil táleres, mil peças de ouro, uma bela grega como criada, um jovem armênio como companhia e um cavalo árabe. Vejam, Ali, paxá de Janina, é um homem incompreendido, ele precisaria de um historiador. Só no Oriente é que encontramos essas almas de bronze, que durante 20 anos fazem de tudo para, algum dia, poder vingar uma ofensa. No começo, ele tinha a mais bela barba branca que se pode ver, tinha um semblante duro e severo.

— Mas o que fez de seus tesouros? — perguntou o senhor Léger.

— Ah! Essa é a questão. Aquelas pessoas não têm livro-razão nem Banco da França; desse modo, embarquei minhas riquezas em uma tartana grega que foi tomada pelo próprio capitão-paxá! Tão certo como me veem, quase fui empalado em Esmirna. Se não fosse o senhor de Rivière, o embaixador que lá se encontrava, eu teria sido tomado por cúmplice de Ali-Paxá. Salvei minha pele, a fim de falar honradamente, mas os dez mil táleres, as mil peças de ouro, as armas, tudo foi engolido pelo tesouro sedento do capitão-paxá. Minha posição era ainda mais difícil, pois esse capitão-paxá era nada mais nada menos que Chosrew. Depois da derrota, ele havia conseguido essa posição, que equivale à de um grande almirante na França.

— Mas, ao que me parece, ele era da cavalaria — disse o senhor Léger, que seguia atentamente a história de Georges.

— Ah! Posso ver como o Oriente é pouco conhecido no departamento de Seine-et-Oise! — exclamou Georges. Senhor, veja os turcos: o senhor é fazendeiro, mas o padixá o nomeia marechal; se não cumprir suas funções satisfatoriamente, pior ainda, pois sua cabeça será cortada; é desse modo que se destituem os funcionários. Um jardineiro passa a prefeito, e um primeiro-ministro volta a ser um Zé Ninguém. Os otomanos não conhecem as leis sobre o desenvolvimento nem a hierarquia! De cavaleiro, Chosrew tornou-se marinheiro. O padixá Mahmoud o encarregou de prender Ali por mar, e ele de fato o prendeu, mas com a ajuda dos ingleses, que ficaram com a melhor parte e passaram a mão nos tesouros. Esse Chosrew, que não havia esquecido a lição de equitação que lhe dei, reconheceu-me. Compreendem que minha sorte estaria selada, se eu não tivesse a ideia de apelar para minha nacionalidade francesa e para o fato de ser militar junto ao senhor de Rivière. O embaixador, encantado por poder se mostrar, exigiu minha liberdade. Os turcos têm isso de bom: eles tanto libertam os prisioneiros como lhes cortam a cabeça, isso lhes é indiferente. O cônsul da França, um homem agradável, amigo de Chosrew, fez com que me restituíssem dois mil táleres e, por esse motivo, o nome dele está para sempre gravado em meu coração.

— E como ele se chama? — perguntou o senhor de Sérisy.

O senhor de Sérisy deixou transparecer sua surpresa quando Georges lhe disse efetivamente o nome de um de nossos mais admiráveis cônsules-gerais que se encontrava na época em Esmirna.

— Aliás, assisti à execução do comandante de Esmirna, que o padixá havia ordenado que Chosrew matasse, uma das coisas mais curiosas que já vi, embora tenha visto muito. Contarei a história durante o almoço. De Esmirna, fui para a Espanha, ao saber que havia uma revolução. Fui direto a Mina, que me tomou como ajudante de campo e me nomeou coronel. Eu lutei pela causa constitucional que será derrotada, pois entraremos na Espanha um dia desses.

— E o senhor é oficial francês? — disse com gravidade o conde de Sérisy. — O senhor confia na discrição daqueles que o escutam.

— Mas não há espiões aqui — disse Georges.

— Então, não sabe, coronel Georges — disse o conde — que neste momento julgam na corte dos pares uma conspiração que fez com que o governo assumisse uma posição muito severa em relação aos militares que pegaram em armas contra a França e que alimentaram intrigas no estrangeiro, com o objetivo de derrubar nossos soberanos legítimos?

Diante dessa terrível observação, o pintor enrubesceu até as orelhas e olhou para Mistigris, que pareceu confuso.

— Então? — disse o senhor Léger. — E daí?

— Se, por exemplo, eu fosse magistrado, meu dever seria — respondeu o conde — fazer com que o ajudante de campo de Mina fosse preso pelos guardas da brigada de Pierrefitte e intimar como testemunhas todos os passageiros que estão neste carro.

Essas palavras calaram Georges, ainda mais que passavam diante da brigada de polícia, cuja bandeira branca flutuava, em termos clássicos, ao sabor do vento.

— O senhor tem condecorações em demasia para se permitir tal covardia — disse Oscar.

— Nós o pegaremos — disse Georges no ouvido de Oscar.

— Coronel — exclamou Léger, que se sentia oprimido pela fala do conde de Sérisy e que queria mudar o rumo da conversa — como é feito o cultivo nos países por onde andou? Como fazem a rotação de lavouras?

— Em primeiro lugar, entende, meu caro, que essas pessoas estão ocupadas demais em fumar para pensar em cultivar as terras — o conde não pôde conter um sorriso, o que tranquilizou o rapaz.

— Mas eles têm um modo de cultivar que vai lhe parecer engraçado. Na verdade, eles não cultivam, e esse é seu modo de cultivar. Os turcos, os gregos, todos comem cebolas ou arroz. Colhem o ópio de suas papoulas, que lhes rende um bom dinheiro e, depois, eles têm o tabaco, que cresce espontaneamente, o famoso *lataquia,* além de tâmaras! Há muitas coisas doces que crescem sem cultivo. É uma região cheia de recursos e de comércio. Fazem muitos tapetes em Esmirna, e eles não são caros.

— Mas — disse Léger — se os tapetes são feitos em lã, ela vem das ovelhas e, para ter ovelhas, é preciso haver campos, fazendas, culturas.

— Deve haver alguma coisa parecida com isso — respondeu Georges —, mas o arroz vem da água e, além disso, andei por todas as costas e só encontrei países arrasados pela guerra. Por outra parte, tenho a mais profunda aversão pela estatística.

— E os impostos? — disse o senhor Léger.

— Ah! Os impostos são pesados. Tudo lhes é tomado, só ficam com o resto. Impressionado com as vantagens desse sistema, o paxá do Egito estava começando a organizar sua administração dessa maneira quando eu o deixei.

— Como assim? — disse o senhor Leger, que não estava entendendo nada.

— Como? — repetiu Georges. — Existem agentes que recolhem as colheitas, deixando aos felás apenas o necessário para viver. E nesse sistema não existem documentos nem burocracia, a praga da França. É isso!

— Mas em virtude do quê? — perguntou o fazendeiro.

— É um país de despotismo, isso é tudo. Não conhece a bela definição dada por Montesquieu ao despotismo: "Como o selvagem, ele corta a árvore pelo pé, para colher os frutos"?

— E querem que voltemos a isso — disse Mistigris — mas "cada escaldado tem medo de água fria".

— Isso vai acontecer! — exclamou o conde de Sérisy. — Assim, os donos de terras fariam bem em vendê-las. O senhor Schinner decerto viu como as coisas estão na Itália.

— *Corpo di Bacco*, o papa não usa luvas de pelica! — respondeu
Schinner. — Mas assim é. Os italianos são boas pessoas! Desde que
possam assassinar alguns viajantes nas estradas, eles ficam contentes.

— Mas — respondeu o conde — não usa mais a condecoração
da Legião de Honra que recebeu em 1819? Isso então virou moda?

Mistigris e o falso Schinner enrubesceram até as orelhas.

— No meu caso é diferente! — respondeu Schinner. — Eu não
queria ser reconhecido. Não me traia, senhor. Estou fingindo ser
um pintor sem nenhuma importância, finjo ser um decorador. Vou
a um castelo onde não devo provocar nenhuma suspeita.

— Ah! — disse o conde — Uma aventura amorosa, uma intriga?
Ah! O senhor é feliz por ser jovem.

Oscar, que estava morrendo de inveja por não ser nada e não
ter nada a dizer, olhava o coronel Czerni-Georges, o grande pintor
Schinner e queria se transformar em alguma coisa. Mas o que podia
ser um rapaz de 19 anos, mandado por 15 ou 20 dias ao campo, para
a casa do administrador de Presles ? O vinho de Alicante subira a
sua cabeça, e o amor-próprio fazia ferver o sangue em suas veias;
quando o famoso Schinner sugeriu uma aventura romântica, cuja
felicidade devia ser tão grande quanto o perigo, Oscar voltou para
ele os olhos brilhantes de raiva e inveja.

— Ah! — disse o conde, com ar invejoso e crédulo —, é preciso
amar muito uma mulher para fazer tantos sacrifícios.

— Quais sacrifícios? — perguntou Mistigris.

— Não sabe, então, meu caro amigo, que um teto pintado por um
grande mestre é coberto de ouro? — respondeu o conde. — Vejamos!
Se a Lista Civil lhe paga trinta mil francos pelos tetos de duas salas do
Louvre —, continuou ele, olhando para Schinner —, para um burguês,
como nos chamam nos ateliês, um teto bem vale vinte mil francos;
mas a um decorador desconhecido pagarão no máximo uns dois mil.

— O dinheiro nem é a maior perda — respondeu Mistigris. — Certamente será uma obra-prima, mas não poderá ser assinada para que o segredo não seja revelado!

— Ah! Eu devolveria todas as minhas cruzes aos soberanos da Europa para ser amado como é um jovem a quem o amor inspira tal dedicação! — exclamou o senhor de Sérisy.

— Ah! Pois é — disse —, somos jovens, somos amados, temos mulheres e, como se diz: *cão de matilha não faz mal a ninguém.*

— O que pensa disso a senhora Schinner? — perguntou o conde — Pois o senhor casou-se por amor com a bela Adélaïde de Rouville, a protegida do velho almirante de Kergarouët, que fez com que obtivesse os tetos do Louvre por meio de seu sobrinho, o conde de Fontaine.

— E quando é que um grande pintor viaja como casado? — observou Mistigris.

— Essa é então a moral dos ateliês! — exclamou ingenuamente o conde de Sérisy.

— A moral das cortes onde o senhor conseguiu suas condecorações é melhor? — perguntou Schinner, recobrando o sangue-frio, perturbado momentaneamente pelo conhecimento que o conde parecia ter dos trabalhos de Schinner.

— Não pedi nenhuma delas — respondeu o conde — e creio ter ganhado todas de modo leal.

— E isso lhe fica bem como *um notário em uma perna de madeira* — retrucou Mistigris.

Sem querer se trair, o senhor de Sérisy assumiu um ar de tranquilidade, olhando o vale de Groslay que se revela ao tomar, na Patte-d'Oie, o caminho de Saint-Brice e deixar à direita o de Chantilly.

— Aguenta! — disse Oscar entre dentes.

— Roma é tão bonita como se diz? — perguntou Georges ao grande pintor.

— Roma só é bela para quem a ama. É preciso ter uma paixão para gostar dela, mas, como cidade, eu prefiro Veneza, embora quase tenha sido assassinado ali.

— Palavra de honra, se não fosse eu — disse Mistigris —, seria fatal! — Foi aquele demônio farsante do lorde Byron que provocou isso. Ah! Esse inglês fajuto era violento!

— Psst! — disse Schinner. — Não quero que saibam de minha discórdia com o lorde Byron.

— De quelquer modo — respondeu Mistigris — admita que ficou bem contente por eu saber lutar.

De tempos em tempos, Pierrotin trocava olhares estranhos com o conde de Sérisy que teriam inquietado pessoas um pouco mais experientes do que aqueles cinco viajantes.

— Lordes, paxás, tetos de 30 mil francos! Que coisa! — exclamou o condutor de L'Isle-Adam. — Hoje estou transportando soberanos? Que gorjetas!

— Sem falar que os lugares já foram pagos — disse Mistigris, com elegância.

— Por falar nisso — continuou Pierrotin —, senhor Léger, o senhor se lembra do meu belo carro novo, para o qual dei dois mil francos de sinal. Pois os canalhas dos fabricantes, a quem devo pagar dois mil e quinhentos francos amanhã, não quiseram aceitar mil e quinhentos francos de entrada e receber uma promissória de mil francos para dois meses! Eles querem tudo de uma vez. Foram de tal modo duros com um homem estabelecido já há oito anos, com um pai de família, que se encontra em risco de perder tudo, dinheiro e carro, se não tiver uma miserável nota de mil francos. Vamos, Bichette! Não agiriam desse modo com as grandes empresas, certamente.

— Ah! É claro! *Sem dinheiro, sem chouriço* — disse o borra-tintas.

— Só precisa conseguir oitocentos francos — respondeu o conde, percebendo na queixa dirigida ao senhor Léger uma espécie de nota promissória emitida contra si mesmo.

— É verdade — respondeu Pierrotin. Vamos, Rougeot!

— Deve ter visto belos tetos em Veneza — retomou o conde, dirigindo-se a Schinner.

— Estava apaixonado demais para dar atenção ao que me pareciam apenas detalhes sem importância — respondeu Schinner. — Entretanto, eu deveria estar curado do amor, pois recebi uma lição cruel exatamente nos estados venezianos, na Dalmácia.

— Que coincidência! — exclamou Georges. — Conheço a Dalmácia.

— Pois bem, se já foi para lá, deve saber que no fundo do Adriático são todos velhos piratas, bandidos, corsários aposentados, quando não foram enforcados, e...

— Os uscoques, é claro — disse Georges.

Ao ouvir a palavra correta, o conde, que anteriormente havia sido enviado por Napoleão às províncias da Ilíria, virou a cabeça, por ter ficado muito surpreso.

— É aquela cidade onde se faz o marasquino — disse Schinner, parecendo não se lembrar do nome.

— Zara — disse Georges. — Fui até lá, fica no litoral.

— Você esteve lá — confirmou o pintor. Eu fui até lá para observar a região, pois adoro a paisagem. Por mais de vinte vezes tive o desejo de pintar paisagens, arte que penso que ninguém compreende, exceto Mistigris, que algum dia irá restaurar Hobbema, Ruysdaël, Claude Lorrain, Poussin e outros.

— Mas — interrompeu o conde — mesmo que ele só restaure um desses, isso será bastante.

— Se ficar interrompendo, senhor — disse Oscar —, perderemos o fio da história.

— E nem é com o senhor que o senhor Schinner está falando — disse Georges ao conde.

— Não é educado interromper quem está falando — disse Mistigris, com ar grave —, mas todos nós já o fizemos, e muito perderíamos se não semeássemos o discurso com pequenos desvios, dividindo nossas reflexões. Todos os franceses são iguais em um cabriolé — disse o neto de Georges. — Assim, continue, velho simpático, zombe de nós. Isso acontece nas melhores sociedades, e o senhor conhece o ditado: *É preciso ornar com os lobos.*

— Tinham me contado maravilhas da Dalmácia — continuou Schinner—, então, fui para lá, deixando Mistigris em Veneza, numa hospedaria.

— Na *locanda*! — disse Mistigris. — Vamos manter a cor local.

— Zara é, como se diz, uma pequena vila.

— Sim — disse Georges —, mas é fortificada.

— Por Deus — disse Schinner —, as fortificações participaram de minha aventura. Em Zara existem muitos boticários, e eu me hospedei na casa de um deles. Nos países estrangeiros, todos têm como principal profissão o aluguel de imóveis mobiliados, a outra profissão é um acessório. À tarde, fui para a sacada depois de trocar de roupa. Bem, na sacada à frente, percebi uma mulher, mas uma mulher grega, isto é, a mais bela criatura de toda a cidade: olhos amendoados, pálpebras que se moviam como persianas e cílios que pareciam pincéis; um rosto oval que deixaria louco Rafael, pele com um colorido delicioso, com tonalidades bem fundidas e aveludadas, mãos... Ah!...

— Que não eram de manteiga como as da pintura da escola de David — disse Mistigris.

— Ah! Só falam de pintura — reclamou Georges.

— Pois é, *procure o natural, que ele vem do abdômen* — respondeu Mistigris.

— E as roupas! Puramente gregas — continuou Schinner.

— Compreendem, eu me apaixonei de imediato e perguntei ao meu hospedeiro, que me disse que essa vizinha se chamava Zéna. Troquei de roupas. Para se casar com Zéna, o marido, um velho infame, deu 300 mil francos aos pais, tão famosa era a beleza dessa moça, realmente a mais bela de toda Dalmácia, Ilíria, Adriático, etc. Nesses países, pode-se comprar uma mulher, sem mesmo vê-la.

— Não irei para lá — disse o senhor Léger.

— Por muitas noites, meu sono foi iluminado pelos olhos de Zéna — continuou Schinner. — Esse jovem marido tinha 67 anos. Bom! Mas era ciumento, não como um tigre, pois se diz que os tigres são ciumentos como um dálmata, e esse homem era pior que um dálmata, ele valia três dálmatas e meio. Era um uscoque, um *tricoque*, um *arquicoque* num *bicoque*.

— Enfim, um desses espertalhões que *não amarram seus cães com cem suíças* — disse Mistigris.

— Excelente — disse Georges, rindo.

— Depois de ter sido corsário, talvez até pirata, ele dizia que matar um cristão era para ele como cuspir no chão — continuou Schinner. — Muito bem. Além disso, riquíssimo, milionário, o velho era sovina e feio como um pirata a quem algum paxá havia cortado as orelhas e que havia perdido um olho não sei onde. O uscoque usava alegremente do que lhe restara, e peço que acreditem em mim quando lhes digo que ele ficava de olho em tudo.

— "Ele nunca deixa a mulher", disse-me o pequeno Diafoirus. — "Se ela necessitar de seus serviços, eu me disfarçarei e o substituirei; isso sempre tem sucesso em nossas peças de teatro", respondi. Seria muito longo descrever a época mais deliciosa de minha vida, ou seja, os três dias que passei em minha janela, trocando olhares com Zéna e trocando de roupas todas as manhãs. Isso era ainda mais excitante porque os menores movimentos eram significativos e perigosos. Enfim, Zéna julgou, provavelmente, que um estrangeiro, um francês, um artista, seria a única pessoa no mundo capaz de olhá-la com doçura em meio aos abismos que a rodeavam e, como ela detestava seu horrendo pirata, respondia meus olhares com outros que poderiam levar um homem direto ao paraíso. Eu atingia a altura de Dom Quixote. Exaltei-me, exaltei-me! Por fim, gritei: "Pois bem! O velho me matará, mas eu irei!" Nada de estudos de paisagem, eu estudava a baiuca do uscoque. De noite, tendo vestido minha roupa mais perfumada, atravessei a rua e entrei.

— Na casa? — perguntou Oscar.

— Na casa? — ecoou Georges.

— Na casa — repetiu Schinner.

— Ah! O senhor é corajoso! — exclamou o senhor Léger. — Eu não iria até lá.

— Ainda mais que o senhor não conseguiria passar pela porta — respondeu Schinner. — Entrei, então — continuou ele —, e encontrei duas mãos que tomaram as minhas. Eu nada disse, pois essas mãos, suaves como uma casca de cebola, me recomendavam silêncio. Murmuraram ao meu ouvido, em veneziano: "Ele está dormindo!" Depois, quando tivemos certeza de que ninguém poderia nos encontrar, fomos, Zéna e eu, passear nas fortificações, mas acompanhados por uma velha aia, feia como um velho porteiro, e que nos seguiu como uma sombra, sem que eu pudesse convencer a senhora pirata a se separar dessa companhia absurda. Na noite seguinte, recomeçamos. Eu queria mandar embora a velha, Zéna resistiu. Como minha amada falava grego e eu, veneziano, não podíamos nos comunicar; assim nos separamos, estremecidos. Enquanto mudava de roupa, pensei: "Com certeza, da próxima vez, nada de velha, e cada um de nós usará sua língua materna". Pois bem, foi a velha quem me salvou, vocês verão. O tempo estava tão bom que, para não provocar suspeitas, fui passear um pouco, bem entendido, após nos reconciliarmos. Depois de ter passeado ao longo das fortificações, eu andava tranquilamente, com as mãos nos bolsos, e encontrei a rua obstruída por uma multidão. Uma multidão, como se fosse haver uma execução. A multidão voltou-se contra mim. Fui preso, amarrado, levado e vigiado pela polícia. Nenhum de vocês sabe, e desejo que nunca venham a saber, o que é ser considerado um assassino aos olhos de uma multidão fora de controle, que atira pedras, que grita atrás de nós por toda a extensão da rua principal de uma cidadezinha, que nos persegue com gritos que pedem a morte! Ah! Todos os olhos soltam chamas, todas as bocas dizem insultos, e o ódio ardente se expressa no grito assustador: "Morte ao assassino!" que, de longe, soa como um trovão.

—Então, os dálmatas gritavam em francês? — perguntou o conde a Schinner. — O senhor conta essa cena como se tivesse acontecido ontem.

Schinner não soube o que dizer.

—A multidão fala a mesma língua em todo lugar — disse o profundo político Mistigris.

—Enfim — continuou Schinner — quando cheguei ao palácio local, na presença dos magistrados do país, soube que o horrendo corsário estava morto e fora envenenado por Zéna. Bem que eu queria poder mudar de roupa. Palavra de honra, eu nada sabia daquele drama. Parece que a grega misturava ópio (há muita papoula por lá, como disse o senhor!) na bebida do pirata, a fim de roubar um momento de liberdade para passear, e a velha, aquela infeliz mulher, enganou-se na dose. A enorme fortuna do maldito pirata causava a infelicidade de minha Zéna, mas ela explicou tudo tão ingenuamente que eu, inicialmente, pela declaração da velha, fui libertado a fim de retornar a Roma, com uma injunção do prefeito e do comissário de polícia austríaco. Zéna, que deixou uma grande parte das riquezas do uscoque para os herdeiros e a justiça, foi sentenciada, assim me disseram, a dois anos de reclusão em um convento, onde ainda se encontra. Vou pintar seu retrato, pois daqui a alguns anos, tudo estará esquecido. Vejam as loucuras que se cometem aos 18 anos.

— E o senhor me deixou sem um centavo na *locanda* em Veneza — disse Mistigris. — Fui de Veneza até Roma para encontrá-lo, fazendo retratos a cinco francos cada e nem isso me pagavam, mas foi um ótimo tempo! Como dizem: *A felicidade não mora embaixo de umbigos dourados.*

— Podem imaginar os pensamentos que me assaltavam em uma prisão dálmata, atirado ali sem proteção, tendo de responder aos austríacos da Dalmácia e sendo ameaçado de perder a vida por ter passeado duas vezes com uma mulher que exigia que sua criada nos acompanhasse. Isso é que é azar! — exclamou Schinner.

— Como isso lhe aconteceu? — perguntou ingenuamente Oscar.

— Por que isso não teria acontecido com o senhor, já que também ocorreu, durante a ocupação francesa na Ilíria, com um dos mais belos oficiais de artilharia? — disse o conde, com elegância.

— E o senhor acreditou no oficial? — perguntou Mistigris ao conde, no mesmo tom.

— Isso é tudo? — perguntou Oscar.

— Bom — disse Mistigris —, não se pode dizer que ele tenha perdido a vida. *Quanto mais erguido, mais se ri.*

— Senhor, existem fazendas nesse país? — perguntou o senhor Léger. — Como é o cultivo lá?

— Cultiva-se a marasquina — disse Mistigris —, uma planta que chega à altura da boca e que produz o licor marasquino.

— Ah! — disse o senhor Léger.

— Fiquei apenas três dias na cidade e 15 dias na prisão. Nada pude ver, nem mesmo os campos onde se cultiva a marasquina — respondeu Schinner.

— Estão zombando do senhor — disse Georges ao senhor Léger—, o marasquino vem em caixas.

O carro de Pierrotin descia então uma das vertentes do vale de Saint-Brice para chegar à hospedaria situada no meio dessa cidade, onde pararia por cerca de uma hora para descansar os cavalos e permitir que estes comessem aveia e bebessem. Eram então cerca de uma hora e meia.

— Ah! É o senhor Léger! — exclamou o hospedeiro no momento em que o carro parou diante de sua porta. — Almoça?

— Todos os dias, uma vez — respondeu o gordo fazendeiro. — Nós partiremos um pão.

— Sirva-nos o almoço — disse Georges, segurando sua bengala de um modo cavalheiresco que provocou a admiração de Oscar.

Oscar enfureceu-se quando viu o aventureiro despreocupado tirando um estojo de palha trançada do bolso e dele retirar um charuto claro que fumou na soleira da porta, enquanto esperava o almoço.

— Costuma fumar? — perguntou Georges a Oscar.

— Às vezes — respondeu o ex-estudante, estufando o peito e fingindo um ar entendido.

Georges então estendeu o estojo aberto para Oscar e Schinner.

— Droga! — disse o grande pintor — Charutos baratos!

— É só o que resta daquilo que trouxe da Espanha — disse o aventureiro. — Almoçam?

— Não — disse o artista. — Sou esperado no castelo. Além disso, comi algo antes de partir.

— E o senhor? — perguntou Georges a Oscar.

— Já almocei — disse Oscar.

Oscar daria de bom grado dez anos de vida para ter botas e presilhas na boca da calça. Espirrava, tossia, cuspia e engolia a fumaça com caretas mal disfarçadas.

— Mas o senhor não sabe fumar — disse-lhe Schinner. — Veja.

Schinner, com o rosto imóvel, aspirou a fumaça de seu charuto e soltou-a pelo nariz sem a menor contração. Depois, recomeçou, segurando a fumaça na garganta, tirou o charuto da boca e soprou a fumaça com graça.

— Veja, meu jovem — disse o grande pintor.

— Veja, jovem, um outro modo — disse Georges, imitando Schinner, mas aspirando toda a fumaça e não soltando nada.

"E meus pais acreditavam ter me dado educação", pensou o pobre Oscar, tentando fumar de modo gracioso.

Sentiu uma náusea tão forte que entregou de boa vontade seu charuto a Mistigris, que lhe disse, enquanto fumava, com um prazer evidente:

— O senhor não tem doenças contagiosas, não é?

Bem que Oscar gostaria de ser forte o bastante para dar um soco em Mistigris.

— Como! — disse ele, apontando para o coronel Georges. — Oito francos do vinho de Alicante e de folhados, 40 centavos de charutos, e o almoço que vai lhe custar...

— Ao menos dez francos — respondeu Mistigris —, mas é assim mesmo, *os pequenos peixes fazem os grandes rios*.

— Ah! Senhor Léger, bebamos uma garrafa de vinho de Bordeaux — disse então Georges ao fazendeiro.

"Um almoço que vai lhe custar vinte francos!", pensou Oscar, "Isso soma agora trinta e poucos francos".

Deprimido por se sentir inferior, Oscar sentou-se em um marco e perdeu-se em devaneios, o que impediu que visse que sua calça, levantada pela posição em que se encontrava, exibia o ponto de junção do velho cano da meia com um pé completamente novo, uma obra-prima de sua mãe.

— Somos colegas em relação às meias — disse Mistigris, levantando um pouco sua calça para mostrar um conserto do mesmo gênero —, mas *os sapateiros são sempre os mais resfriados*.

Esse comentário fez sorrir o senhor de Sérisy, que estava de braços cruzados sob a porta, atrás dos viajantes. Por mais loucos que fossem esses jovens, o grave homem de Estado lhes invejava os defeitos, gostava de suas bravatas e admirava a vivacidade de seus gracejos.

— E então, vai ficar com os Moulineaux? Pois foi buscar recursos em Paris — disse ao senhor Léger o hospedeiro que acabava de lhe mostrar na cocheira um pequeno cavalo à venda. Será engraçado se conseguir passar a perna em um par da França e ministro de Estado, o conde de Sérisy.

O velho administrador não deixou que nada transparecesse em seu rosto e virou-se para examinar o fazendeiro.

— Está tudo certo — respondeu em voz baixa o senhor Léger ao hospedeiro.

— Por mim, tanto melhor, gosto de ver os nobres irritados. E, se lhe faltarem 20 mil francos, eu os emprestarei, mas François, o condutor da Touchard das seis horas, acaba de me dizer que o senhor Margueron foi convidado pelo conde de Sérisy a jantar hoje mesmo em Presles.

— Esse é o plano de Sua Excelência, mas também temos nossos truques — respondeu o senhor Léger.

— O conde colocará o filho do senhor Margueron, e o senhor não tem cargos para dar! — disse o hospedeiro ao fazendeiro.

— Não, mas se o conde tem os ministros a seu favor, eu tenho o rei Luís XVIII — disse o senhor Léger no ouvido do hospedeiro —, e 40 mil de seus retratos dados ao senhor Moreau me permitirão comprar os Moulineaux por 260 mil francos à vista, antes do senhor de Sérisy, que ficará bem feliz em recomprar a fazenda por 360 mil francos, em vez de ver os lotes de terra serem colocados à venda um a um.

— Nada mal, meu caro! — exclamou o hospedeiro.

— Não está bem pensado? — perguntou o fazendeiro.

— Afinal de contas — disse o hospedeiro —, a fazenda vale isso para ele.

— Os Moulineaux rendem hoje 6 mil francos, líquidos de impostos, e eu renovarei o arrendamento por 7.500 por 18 anos. Assim, é um investimento a mais de 2,5. O senhor conde não será roubado. Para não prejudicar o senhor Moreau, ele me proporá ao conde como fazendeiro, dando a impressão de cuidar dos interesses de seu patrão, obtendo quase 3% de seu dinheiro e achando um locatário que pagará bem.

— Quanto o senhor Moreau receberá?

— Bom, se o conde lhe der 10 mil francos, ele receberá 50 mil francos por esse negócio, mas será bem merecido.

— Afinal de contas, ele se preocupa com Presles e é tão rico! — disse o hospedeiro. — Eu mesmo nunca o vi.

— Nem eu — disse o senhor Léger —, mas ele certamente vai morar lá, pois de outro modo não gastaria 200 mil francos para restaurar o interior. É tão belo quanto o palácio real.

— Ah! Bem — disse o hospedeiro —, já era tempo que Moreau fizesse seu pé de meia.

— Sim, pois quando os patrões estiverem lá — disse Léger —, eles ficarão de olhos bem abertos.

O conde não perdeu nenhuma palavra dessa conversa mantida em voz baixa.

"Encontrei aqui as provas que ia buscar lá", pensou ele, olhando o gordo fazendeiro que entrava na cozinha, "Talvez isso ainda esteja sendo planejado. Talvez Moreau ainda não o tenha aceitado." Muito lhe repugnava crer que seu administrador fosse capaz de participar de tal conspiração.

Pierrotin veio dar água aos cavalos. O conde pensou que o condutor iria almoçar com o hospedeiro e o fazendeiro; o que acabava de ouvir fez com que temesse alguma indiscrição.

"Todos eles estão conspirando contra nós; seria bom atrapalhar seus planos", pensou.

— Pierrotin — disse em voz baixa ao condutor, aproximando-se dele —, eu lhe prometi dez luíses para guardar o meu segredo, mas se quiser continuar a ocultar meu nome (e eu saberei se ele for pronunciado, ou se fizer o menor sinal que possa revelá-lo até esta noite, em qualquer lugar, mesmo em L'Isle-Adam), eu lhe darei amanhã de manhã, quando passar, os mil francos para acabar de pagar seu novo carro. Assim, para mais certeza — disse o conde, batendo no ombro de Pierrotin, que estava pálido de alegria —, não vá almoçar e fique junto de seus cavalos.

—Senhor conde, eu o entendo bem! Isso tem a ver com o senhor Léger ?

—Tem a ver com todos — respondeu o conde.

—Fique tranquilo... Apressem-se — disse Pierrotin, entreabrindo a porta da cozinha —, estamos atrasados. — Escute, senhor Léger, sabe que temos de subir uma encosta. Não estou com fome, então irei devagar e o senhor nos alcançará logo; caminhar vai lhe fazer bem.

—Está apressado, Pierrotin? — disse o hospedeiro. — Não quer almoçar conosco? O coronel paga um vinho de 50 centavos e uma garrafa de vinho de Champagne.

—Não posso. Tenho de entregar um peixe em Stors às três horas para um grande jantar e não posso ficar conversando com os fregueses nem com os peixes.

—Pois bem — disse o senhor Léger ao hospedeiro —, atrele a seu cabriolé aquele cavalo que quer me vender e nos leve até alcançarmos Pierrotin; almoçaremos em paz, e eu julgarei o cavalo. Cabemos os três em seu carro.

Para grande alegria do conde, Pierrotin foi atrelar seus cavalos. Schinner e Mistigris haviam partido antes. Pierrotin, que pegara os dois artistas no meio do caminho de Saint-Brice a Poncelles, havia apenas atingido uma elevação da estrada de onde se vê Écouen, o campanário do Mesnil e as florestas que cercam essa linda paisagem, quando o ruído de um cavalo a galope puxando um cabriolé barulhento anunciou o senhor Léger e o companheiro de Mina, que subiram novamente no carro. Quando Pierrotin passou pelo caminho estreito para descer até Moisselles, Georges, que não havia parado de falar da beleza da hospedeira de Saint-Brice com o senhor Léger, exclamou:

94 UM COMEÇO DE VIDA

— Veja! A paisagem não é nada ruim, não é, grande pintor?

— Mas ela não deve encantá-lo, pois viu o Oriente e a Espanha.

— E de onde ainda tenho dois charutos! Se isso não incomodar ninguém, gostaria de terminá-los, Schinner? Pois o jovem já teve tragadas suficientes.

O senhor Léger e o conde guardaram um silêncio que passou por aprovação, e assim os dois tagarelas ficaram reduzidos ao silêncio.

Oscar, irritado por ter sido chamado de jovem, disse, enquanto os outros dois acendiam seus charutos:

— Se não fui ajudante de campo de Mina, senhor, se não fui ao Oriente, talvez eu vá. A carreira à qual minha família me destina irá me poupar, espero, o desconforto da viagem em cabriolé, quando eu tiver a sua idade. Depois de me tornar alguém, quando chegar lá, eu permanecerei.

— Et cetera e tal! — disse Mistigris, imitando a voz de frango rouco que tornava o discurso de Oscar ainda mais ridículo, pois o pobre rapaz se encontrava no período em que a barba surge e em que a voz assume seu caráter. — Afinal de contas — continuou Mistigris —, *os extremos se tapam!*

— Por Deus! — disse Schinner. — Os cavalos não poderão suportar tanta carga.

— Sua família, meu jovem, pensa em dirigi-lo a uma carreira. Mas qual? — disse Georges, com voz séria.

— A diplomacia — respondeu Oscar.

Três gargalhadas explodiram como foguetes da boca de Mistigris, do grande pintor e do senhor Léger. O conde também não conseguiu segurar um sorriso. Georges manteve o sangue-frio.

— Por Alá! Não há razão para risos — disse o coronel aos que riam. — No entanto, meu jovem — continuou ele, dirigindo-se a

Oscar —, parece-me que sua respeitável mãe está, no momento, em uma posição social pouco conveniente para uma embaixatriz. Ela carregava um cesto digno de admiração e uma biqueira nos sapatos.

— Minha mãe? Senhor! — disse Oscar com um movimento de indignação. — Aquela era a serviçal de nossa casa.

— "De nossa casa" é muito aristocrático! — exclamou o conde, interrompendo Oscar.

— O rei fala *nós* — retrucou Oscar.

Um olhar de Georges reprimiu o desejo de rir que tomou conta de todos; ele deu a compreender ao pintor e a Mistigris como era necessário poupar Oscar para explorar essa mina de zombarias.

— O senhor tem razão — disse o grande pintor ao conde, indicando Oscar —, as pessoas distintas dizem "nós", só as pessoas sem eira nem beira é que dizem "na minha casa". Todos têm a mania de parecer ter aquilo que não têm. Para um homem cheio de condecorações...

— O senhor continua a ser decorador? — perguntou Mistigris.

— O senhor não conhece nada da linguagem das cortes. Peço sua proteção, Excelência — continuou Schinner, voltando-se para Oscar.

— Eu me alegro por ter viajado, sem dúvida, com três homens que são ou serão célebres: um pintor que já é ilustre — disse o conde —, um futuro general e um jovem diplomata que, algum dia, devolverá a Bélgica à França.

Depois de ter cometido o crime odioso de renegar sua mãe, Oscar, enfurecido ao perceber como seus companheiros de viagem lhe zombavam, resolveu vencer a incredulidade deles a qualquer preço.

— "Nem tudo que reluz é ouro" — disse ele, lançando flechas com os olhos.

— Não é assim! — exclamou Mistigris. — O certo é: "Nem tudo que reluz é um touro". Não irá longe na diplomacia se não souber melhor os provérbios.

— Posso não saber bem os provérbios, mas conheço o meu caminho.

— Você deve ir para longe — disse Georges —, pois a serviçal de sua casa lhe deu provisões suficientes para uma viagem ao ultramar: biscoitos e chocolate.

— Um pão caseiro e chocolate, sim, senhor — retrucou Oscar —, pois meu estômago é delicado demais para digerir as *ratatouilles* da hospedaria.

— A *ratatouille* é tão delicada quanto o seu estômago — disse Georges.

— Ah! Adoro *ratatouille*! — exclamou o grande pintor.

— Essa palavra está na moda nas melhores sociedades — continuou Mistigris. Eu a uso no boteco da *poule-noire*.

— Seu professor é, provavelmente, alguém famoso, o senhor Andrieux da Academia Francesa ou o senhor Royer-Collard? — perguntou Schinner.

— Meu professor é o abade Loraux, atualmente vigário de Saint-Sulpice — continuou Oscar, lembrando-se do nome do confessor do colégio.

— Fez bem em estudar particularmente — disse Mistigris —, *O açoite nasceu um dia na universidade*; mas vai recompensar o seu abade?

— Com certeza, algum dia ele será bispo — disse Oscar.

— Com a proteção de sua família — disse Georges em tom sério.

— Talvez contribuamos para que encontre o lugar que lhe é devido, pois o abade Frayssinous vem frequentemente a nossa casa.

— Ah! Conhece o abade Frayssinous? — perguntou o conde.

— Ele deve favores a meu pai — respondeu Oscar.

— E vai certamente para suas terras? — fez Georges.

— Não, senhor, mas posso dizer aonde vou, estou indo ao castelo de Presles, que pertence ao conde de Sérisy.

— Que coisa, está indo para Presles! — esclamou Schinner, com o rosto vermelho como uma cereja.

— Conhece Sua Senhoria, o conde de Sérisy? — perguntou Georges.

O senhor Léger virou-se para Oscar e olhou-o com ar surpreso, exclamando:

— O senhor de Sérisy estará em Presles?

— Parece que sim, pois estou indo para lá — respondeu Oscar.

— E tem visto o conde com frequência? — perguntou o senhor de Sérisy a Oscar.

— Do mesmo modo em que o vejo, senhor — respondeu Oscar. Sou amigo do filho dele, que tem mais ou menos minha idade, 19 anos, e montamos a cavalo juntos quase todos os dias.

— *Vimos reis espanando pastoras,* disse sentenciosamente Mistigris.

Um piscar de olhos de Pierrotin para o senhor Léger tranquilizou completamente o fazendeiro.

— Por Deus — disse o conde a Oscar—, estou encantado por encontrar um jovem que possa me falar desse homem; necessito da ajuda dele em um caso bastante grave e não lhe custaria nada me ajudar; trata-se de uma reclamação junto ao governo norte-americano. Gostaria muito de ter informações sobre o caráter do senhor de Sérisy.

— Ah! Se quiser ser bem-sucedido — respondeu Oscar, assumindo uma expressão maliciosa —, não se dirija a ele, mas à mulher dele. Ele a ama loucamente, ninguém sabe mais disso do que eu, e ela não consegue suportá-lo.

— E por quê? — disse Georges.

— O conde tem doenças de pele que o tornam horrendo, e que o doutor Alibert se esforça em vão para curar. Além disso, o senhor de Sérisy daria a metade de sua imensa fortuna para ter o meu peito — disse Oscar, abrindo a camisa e mostrando uma pele de criança.

— Ele vive sozinho, em seu hotel. É preciso ter muita proteção para encontrá-lo. Para começar, ele se levanta muito cedo, trabalha das três às oito horas. Dessa hora em diante, ele faz seus tratamentos: banhos de enxofre ou de vapor. Ele é colocado em um tipo de caixa de ferro, pois ainda tem esperança de se curar.

— Se ele tem tão boas relações com o rei, por que não pede para ser tocado por ele? — perguntou Georges.

— Então essa mulher tem um marido ensopado? — disse Mistigris.

— O conde prometeu 30 mil francos a um famoso médico escocês que o trata neste momento — continuou Oscar.

— Mas então não se pode culpar sua mulher de querer alguém melhor... — disse Schinner, sem concluir sua fala.

— Creio que sim — disse Oscar. — O pobre homem está tão acabado, tão velho, que todos lhe dariam 80 anos! Ele é seco como um pergaminho e, para sua tristeza, ele se ressente de sua condição.

— Ele não deve se sentir bem — disse o divertido senhor Léger.

— Senhor, ele adora a esposa e não ousa reprimi-la — respondeu Oscar—, ele representa com ela cenas de morrer de rir, exatamente como Arnolphe na comédia de Molière.

O conde, aterrorizado, olhava para Pierrotin que, ao vê-lo impassível, imaginou que o filho da senhora Clapart proferisse calúnias.

— Assim, meu senhor, se quiser ter sucesso — disse Oscar ao conde —, vá ter com o marquês de Aiglemont. Se tiver esse velho adorador da senhora a seu favor, terá de uma só vez a esposa e o marido.

— Isso é que é *comprar dois coelhos com uma só cajadada* — disse Mistigris.

— Mas me diga então — falou o pintor —, o senhor já viu o conde sem roupas? É o seu criado de quarto?

— Seu criado de quarto?! — exclamou Oscar.

— Então, não se dizem coisas como essas sobre seus amigos em veículos públicos — repreendeu Mistigris. — "A prudência", meu jovem, *é a mãe da surdez*. Eu não o escutei falar.

— É o caso de se dizer — comentou Schinner — "Diga-me a quem temes, e eu te direi quem detestas"!

— É verdade, grande pintor, — respondeu Georges, com seriedade — que não se pode falar mal de pessoas que não se conhece, e o jovem acaba de nos provar que conhece Sérisy profundamente. Se tivesse falado apenas da senhora, poderíamos acreditar que se desse bem com ela.

— Nem mais uma palavra sobre a condessa de Sérisy, meus jovens! — exclamou o conde. — Sou amigo do irmão dela, o marquês de Ronquerolles, e aviso que quem colocar a honra da condessa em dúvida terá de me responder por suas palavras.

— O senhor tem razão — disse o pintor —, não se deve zombar das mulheres.

— Por Deus! A Honra e as Damas! Já vi esse melodrama — disse Mistigris.

— Se não conheço Mina, conheço o ministro da Justiça — disse o conde, continuando a falar e fitando Georges. — Se não uso minhas condecorações — disse, olhando o pintor —, impeço que aqueles que não o merecem sejam condecorados. Enfim, conheço tantas pessoas que conheço até o senhor Grindot, o arquiteto de Presles. Pare, Pierrotin, desejo descer por um momento.

Pierrotin levou os cavalos até o fim da aldeia de Moisselles, onde se encontra uma hospedaria na qual os viajantes pararam. Esse trecho do caminho foi feito em profundo silêncio.

— Para onde vai aquele rapaz? — perguntou o conde a Pierrotin, levando-o até o pátio da hospedaria.

— Para a casa de seu administrador. Ele é filho de uma pobre senhora que habita na rua de Cerisaie, e para quem levo com frequência frutas, caça e aves, a senhora Husson.

— Quem é esse senhor? — perguntou a Pierrotin o senhor Léger quando o conde afastou-se do condutor.

— Não faço a menor ideia — respondeu Pierrotin —, esta é a primeira vez que ele é meu passageiro; talvez seja o príncipe a quem pertence o castelo de Maffliers; ele acaba de me dizer que eu o deixarei no caminho, pois não irá até L'Isle-Adam.

— Pierrotin acha que ele é o dono de Maffliers — disse o senhor Léger a Georges ao entrar no carro.

Nesse momento, os três jovens, mudos como ladrões pegos em flagrante, não ousavam olhar-se e pareciam preocupados com as consequências de suas mentiras.

— É o que se chama *muito trabalho por nada* — disse Mistigris.

— Podem ver que conheço o conde — disse Oscar.

— Isso é possível, mas nunca chegará a embaixador — respondeu Georges. — Quando se deseja falar em um veículo público, é preciso tomar o cuidado de nada dizer, como eu fiz.

— *Cada pesca por si* — disse Mistigris, à guisa de conclusão.

O conde voltou a seu lugar, e Pierrotin retomou o caminho no mais profundo silêncio.

—Pois bem, meus amigos — disse o conde, quando chegaram ao bosque de Carreau —, agora estamos mudos como se fôssemos para o cadafalso.

—É preciso saber se calar quando necessário — respondeu ajuizadamente Mistigris.

—O tempo está bom — disse Georges.

—Onde estamos? — perguntou Oscar, apontando para o castelo de Franconville, que criava um efeito magnífico contra o pano de fundo da grande floresta de Saint-Martin.

—Como! — exclamou o conde. — O senhor disse que vai frequentemente a Presles, mas não conhece Franconville?

—O senhor — disse Mistigris —, conhece os homens e não os castelos.

—Os diplomatas aprendizes bem podem ter distrações — disse Georges.

—Lembre-se de meu nome! — respondeu Oscar, furioso. — Eu me chamo Oscar Husson e serei famoso daqui a 10 anos.

Depois dessas palavras pronunciadas com arrogância, Oscar virou-se para o seu canto.

—Husson de quê? — fez Mistigris.

—Uma grande família — respondeu o conde —, os Husson de Cerisaie. O senhor nasceu nos degraus do trono imperial.

Oscar enrubesceu até a raiz dos cabelos e foi tomado por uma terrível inquietação. Estavam a ponto de descer a rápida encosta de La Cave, ao fim da qual se encontra, em um vale estreito, depois da grande floresta de Saint-Martin, o magnífico castelo de Presles.

—Senhores — disse o conde —, eu lhes desejo boa sorte em suas carreiras. Senhor coronel, reconcilie-se com o rei da França: os Czerni-Georges não devem se afastar dos Bourbons. Não tenho nada a lhe prognosticar, meu caro senhor Schinner, pois o senhor já encontrou a glória e a conquistou com trabalhos admiráveis, mas o senhor desperta tanto temor que eu, que sou casado, não ousaria lhe oferecer minha casa. Quanto ao senhor Husson, ele não precisa de proteção, pois conhece os segredos dos homens de Estados e pode fazê-los tremer. Em relação ao senhor Léger, como vai acabar com o conde de Sérisy, só posso lhe pedir que tenha mão firme!

—Deixe-me aqui, Pierrotin. Pegue-me de volta amanhã! — exclamou o conde.

O conde desceu e desapareceu por um caminho coberto, deixando confusos os companheiros de viagem.

— *Quanto mais se tem, mais é preciso largar o osso* — disse Mistigris, vendo a agilidade com a qual o viajante se perdia em um caminho afundado.

—Ah! É o conde que alugou Franconville. É para lá que está indo — disse o senhor Léger.

—Se alguma vez — disse o falso Schinner —, eu começar a zombar em um carro, vou me bater em duelo contra mim mesmo.

— A culpa é sua, Mistigris — continuou ele, dando um tapa no boné do aprendiz.

—Ah! Nada mais fiz que seguir você até Veneza — respondeu Mistigris. — Mas *quem quer afogar seu cão, o acusa de nadar*!

—O senhor sabe — disse Georges a seu vizinho, Oscar — que, se por acaso, ele fosse o conde de Sérisy, eu não gostaria de estar na sua pele, mesmo que ela não tenha nenhuma doença.

Oscar, ao pensar nas recomendações de sua mãe evocadas por essas palavras, ficou lívido e repentinamente sóbrio.

—Chegamos, senhores — disse Pierrotin, parando diante de uma bela grade.

—Como assim? Já chegamos? — disseram ao mesmo tempo o pintor, Georges e Oscar.

— Isso é que é uma surpresa — disse Pierrotin. — Ah! Senhores, então nenhum de vocês havia vindo até aqui? Mas vejam ali o castelo de Presles.

— Está bem, meu amigo — disse Georges, retomando sua confiança. — Eu vou à fazenda de Moulineaux — continuou ele, não querendo deixar que seus companheiros de viagem percebessem que ia ao castelo.

— Ora, vejam! Então o senhor vai para a minha casa? — disse o senhor Léger.

— Como assim?

— É que eu sou o fazendeiro de Moulineaux. Coronel, o que deseja de nós?

— Saborear a sua manteiga — respondeu Georges, pegando sua pasta.

— Pierrotin — disse Oscar —, entregue minhas coisas na casa do administrador. Eu vou direto ao castelo.

Dizendo isso, Oscar entrou por um caminho estreito, sem saber aonde iria dar.

— Ei, senhor embaixador! — gritou o senhor Léger. — Está indo para a floresta. Se quer ir para o castelo, passe pela porteira.

Obrigado a entrar, Oscar se perdeu no grande pátio do castelo, com um grande canteiro cercado de marcos unidos por correntes. Enquanto o senhor Léger examinava Oscar, Georges, que fora surpreendido pela identidade de fazendeiro de Moulineaux assumida pelo gordo fazendeiro, desapareceu tão rapidamente que, no momento em que o homem intrigado procurou o coronel, não foi mais capaz de encontrá-lo. A grade foi aberta a pedido de Pierrotin, que entrou rapidamente para deixar na portaria todas as ferramentas do grande pintor Schinner. Oscar ficou atônito ao ver Mistigris e o artista, testemunhas de suas bravatas, instalados no castelo. Em 10 minutos, Pierrotin terminou de descarregar os pacotes do pintor, as coisas de Oscar Husson e a bela maleta de couro que entregou misteriosamente à mulher do porteiro. Depois ele retornou sobre seus passos, fazendo estalar o chicote, e retomou o caminho da floresta de L'Isle-Adam, conservando no rosto o ar esperto de um camponês que calcula seus benefícios. Nada faltava para que se sentisse feliz: no dia seguinte, ele teria seus mil francos.

Oscar, muito surpreso, deu uma volta ao redor do canteiro, observando o que aconteceria com seus dois companheiros de viagem, quando de repente viu o senhor Moreau saindo da grande sala dos guardas, no alto da escadaria. Vestido com um grande casaco azul que lhe chegava aos calcanhares, calções de couro amarelado e botas de montar, o administrador trazia uma chibata na mão.

— Ah! Meu rapaz, aqui está então! Como vai sua querida mamãe? — disse ele, tomando a mão de Oscar. — Bom dia, senhores. Sem dúvida, são os pintores que o senhor Grindot, o arquiteto, nos anunciou — disse ele ao pintor e a Mistigris.

Ele apitou duas vezes, usando o castão da chibata. O porteiro veio.

— Leve esses senhores até os quartos 14 e 15. A senhora Moreau lhe dará as chaves. Acompanhe-os para lhes mostrar o caminho, acenda o fogo esta noite, se necessário, e leve até lá a bagagem deles. Tenho ordens do senhor conde para lhes oferecer minha mesa, senhores — continuou, dirigindo-se aos artistas. — Jantamos às cinco horas, como em Paris. Se gostam de caçar, poderão se divertir bastante. Tenho permissão do Departamento de Águas e Florestas. Assim, caçamos aqui em 25 mil jeiras de bosques, sem contar os nossos domínios.

Oscar, o pintor e Mistigris, todos muito envergonhados, trocaram um olhar; mas, fiel a seu papel, Mistigris exclamou:

—Ah! Não se deve jamais *jogar a navalha!* Vamos então.

O jovem Husson seguiu o administrador, que o guiou em passos rápidos para o parque.

—Jacques — disse ele a um de seus filhos —, vá contar a sua mãe sobre a chegada do jovem Husson, e lhe diga que tenho de ir a Moulineaux por um instante.

Com cerca de 50 anos, o administrador, homem moreno e de estatura mediana, parecia muito severo. Seu rosto pálido, no qual os hábitos da vida no campo haviam imprimido cores violentas, fazia supor, à primeira vista, um caráter diferente do seu. Tudo contribuía para esse equívoco. Os cabelos estavam embranquecendo. Os olhos azuis e o grande nariz adunco lhe davam um ar sinistro, ainda mais pelos olhos serem um pouco próximos demais do nariz; mas os lábios grossos, o contorno do rosto, a calma de suas atitudes ofereciam ao observador todos os sinais de bondade. Decidido, de fala brusca, ele se impunha fortemente diante de Oscar, pelos efeitos de uma compreensão inspirada pela ternura que lhe dedicava. Habituado pela mãe a engrandecer o administrador, Oscar sempre se sentia pequeno na presença de Moreau, mas ao chegar a Presles, ele sentiu um movimento de inquietude como se esperasse algum mal por parte desse amigo paternal, seu único protetor.

—Bem, meu Oscar, você não parece estar contente por estar aqui — disse o administrador. — No entanto, vai se divertir: aprenderá a montar a cavalo, a atirar com espingarda e a caçar.

—Não sei nada dessas coisas — disse Oscar tolamente.

—Mas você veio para aprender.

—Mamãe me disse para ficar apenas 15 dias, por causa da senhora Moreau. — Ah! Veremos — respondeu Moreau, quase ofendido por Oscar duvidar de seu poder conjugal.

O filho caçula de Moreau, um rapaz de 15 anos, alto e ágil, foi ao encontro deles.

— Olha — disse-lhe o pai —, leve este rapaz até a sua mãe.

E o administrador foi embora rapidamente pelo caminho mais curto até a casa do guarda, situada entre o parque e a floresta.

O pavilhão que o conde dera como moradia a seu administrador havia sido construído alguns anos antes da Revolução, pelo empreiteiro das famosas terras de Cassan, onde Bergeret, administrador geral de uma fortuna imensa e que se tornou tão famoso por seu luxo quanto os Bodards, os Pâris, os Bourets, fez jardins, riachos, construiu casas de campo, pavilhões chineses e outras magnificências ruinosas.

Esse pavilhão, situado no meio de um grande jardim em que um dos muros era meeiro com o pátio das dependências de empregados do castelo de Presles, tinha antigamente sua entrada pela rua principal da aldeia. Depois de comprar essa propriedade, o senhor de Sérisy pai só precisou derrubar aquele muro e bloquear a porta que dava para a aldeia para reunir esse pavilhão às dependências de seus empregados. Ao derrubar outro muro, ele aumentou seu parque com todos os jardins que o empreiteiro havia adquirido para aumentar sua propriedade. O pavilhão, construído com pedras talhadas, no estilo da época de Luís XV (basta dizer que seus ornamentos consistem em plataformas abaixo das janelas, como nas colunatas da praça Luís XV, com canaletas retas e secas), compõe-se no andar térreo por um belo salão, que se comunica com um quarto, e por uma sala de jantar, acompanhada por uma sala de bilhar. Esses dois apartamentos paralelos são separados por uma escada diante da qual uma espécie de colunata, que funciona como antecâmara, tem como decoração as portas do salão e da sala de jantar, uma diante da outra, ambas muito ornamentadas.

A cozinha encontra-se sob a sala de jantar, pois se sobe até esse pavilhão por uma escadaria de 10 degraus.

Ao transferir seus aposentos para o primeiro andar, a senhora Moreau pôde transformar em alcova o antigo quarto. O salão e a alcova, ricamente mobiliados com belas coisas escolhidas no antigo mobiliário do castelo, não teriam ficado deslocados na mansão de uma mulher da moda. Forrado com damasco azul e branco, antigamente estofo de um grande leito de honra, esse salão, cujo mobiliário em madeira antiga e dourada era estofado com o mesmo padrão, oferecia ao olhar cortinas e reposteiros muito amplos, forrados de tafetá branco. Quadros provenientes de velhos aparadores destruídos, jardineiras, alguns belos móveis modernos e abajures, além de um antigo lustre de cristais talhados, davam a esse cômodo um aspecto grandioso. O tapete era antigo, de origem persa. A alcova, inteiramente moderna e do gosto da senhora Moreau, assumia a forma de uma tenda com cabos de seda azul sobre um fundo cinza de linho. O divã clássico estava ali com almofadas de encosto e almofadas para os pés. Por fim, as jardineiras, cuidadas pelo jardineiro-chefe, alegravam os olhos com sua abundância de flores. A sala de jantar e a sala de bilhar eram mobiliadas em acaju. Ao redor de seu pavilhão, a mulher do administrador havia feito construir um canteiro de plantas, cuidadosamente cultivado, que se ligava ao grande parque. Grupos de árvores exóticas escondiam a visão das dependências dos empregados. Para facilitar a entrada de sua casa para as pessoas que vinham visitá-la, a mulher do administrador havia substituído a porta antiga por um portão gradeado.

A dependência que o cargo dera aos Moreau se encontrava assim habilmente dissimulada, e eles tinham o ar de pessoas ricas que administram por prazer a propriedade de um amigo, pois nem o conde nem a condessa rebatiam suas pretensões;

além disso, as concessões outorgadas pelo senhor de Sérisy lhes permitiam viver nessa abundância, no luxo do campo. Desse modo, laticínios, ovos, aves, caça, frutos, forragem, flores, madeira, legumes, o administrador e sua mulher colhiam tudo abundantemente e compravam apenas a carne de açougue, vinhos e os gêneros coloniais exigidos por sua vida principesca. A moça que cuidava do galinheiro também fazia pão. Por fim, há alguns anos, Moreau pagava ao açougueiro com porcos de seu chiqueiro, depois de guardar o necessário a seu consumo. Um dia, a condessa, sempre generosa com sua antiga camareira, deu-lhe, talvez como lembrança, uma pequena carruagem fora de moda, que Moreau mandou repintar e na qual levava a mulher a passear, usando dois bons cavalos que também eram úteis para os trabalhos do parque. Além desses, o administrador tinha um de montaria. Ele trabalhava no parque e cultivava o suficiente de terra para alimentar seus cavalos e seus empregados; extraía 300 mil feixes de excelente feno e contabilizava apenas 100, aproveitando-se de uma permissão vagamente concedida pelo conde. Em vez de usá-los para consumo próprio, ele vendia sua metade. Cuidava muito de seu galinheiro, de seu pombal, de suas vacas, às custas do parque, mas o estrume de suas cocheiras era usado pelos jardineiros do castelo. Cada um desses pequenos roubos tinha uma desculpa. A senhora era servida pela filha de um dos jardineiros, ao mesmo tempo camareira e cozinheira. Uma moça cuidava do galinheiro, da leiteria e também ajudava nos serviços domésticos. Moreau empregava um soldado reformado, chamado Brochon, para cuidar dos cavalos e fazer os trabalhos pesados.

Em Nerville, Chauvry, Beaumont, Maffliers, Préroles, Nointel, por toda parte, a bela administradora era recebida por pessoas que não conheciam ou fingiam ignorar sua origem. Além disso, Moreau era prestativo. Dispunha do patrão para coisas que são ninharias em Paris, mas imensas no campo. Depois de fazer nomear o juiz de paz de Beaumont e o de L'Isle-Adam, ele havia, no mesmo ano, impedido a destituição de uma guarda-geral das florestas e obtido a cruz da Legião de Honra para o sargento-chefe de Beaumont. Desse modo, não havia nenhuma festa da burguesia a que o senhor e a senhora Moreau deixassem de ser convidados. O cura e o prefeito de Presles iam todas as noites jogar na casa de Moreau. É difícil não ser um homem apreciado depois de ter conseguido uma situação tão cômoda.

Mulher bonita e vaidosa como todas as camareiras de uma grande dama que, ao casar, imitam suas senhoras, a administradora importava as novas modas para a região; ela usava sapatos muito caros e só andava a pé nos dias bonitos. Embora o marido não lhe desse mais de 500 francos para sua *toilette*, tal quantia é enorme no campo, especialmente quando bem empregada. Assim, a administradora, loira, bonita e jovem, com cerca de 36 anos, continuava magra, delicada e gentil, apesar dos três filhos, e ainda se passava por mocinha e se dava ares de princesa. Quando a viam passar em sua pequena carruagem a caminho de Beaumont, se algum estranho perguntava: "Quem é?" a senhora Moreau ficava furiosa se um morador local respondesse: "É a mulher do administrador de Presles." Ela gostava de ser confundida com a senhora do castelo. Nas aldeias, ela se comprazia em proteger as pessoas, como faria uma grande dama. A influência de seu marido sobre o conde, demonstrada por muitas provas, impedia que a pequena burguesia zombasse da senhora Moreau, que, aos olhos dos camponeses, parecia uma personagem. Estelle (esse era o nome dela) não participava da administração do mesmo modo que a mulher de um corretor de ações não participa dos negócios da Bolsa; ela deixava a seu marido até mesmo os cuidados da casa e de sua fortuna. Confiante *em seus meios*, ela estava longe de desconfiar que essa existência agradável, que já durava 17 anos, pudesse ser ameaçada; no entanto, ao saber da resolução do conde em relação à restauração do magnífico castelo de Presles, ela se sentiu atacada e pediu ao marido que se entendesse com Léger, a fim de poder se retirar para L'Isle-Adam. Ela sofreria muito se viesse a se encontrar em uma dependência quase serviçal na presença de sua antiga patroa, que zombaria dela ao vê-la estabelecida no pavilhão a imitar a vida de uma mulher de alta classe.

O motivo da profunda inimizade que havia entre os Reybert e os Moreau provinha de um insulto feito pela senhora de Reybert à senhora Moreau, depois de uma provocação que a mulher do administrador fizera quando da chegada dos Reybert, a fim de não deixar que sua supremacia fosse questionada por uma mulher nascida de Corroy. A senhora de Reybert havia lembrado, talvez até revelado a todos, a origem da senhora Moreau. A palavra *camareira* passou de boca em boca. Os invejosos que os Moreau deviam ter em Beaumont, em L'Isle-Adam, Maffliers, Champagne, Nerville, Chauvry, Baillet, Moisselles tanto a censuraram que mais de uma chama desse incêndio caiu sobre a família Moreau. Já há quatro anos, os Reybert, hostilizados pela bela administradora, se viam às voltas com tanta desaprovação por parte dos partidários dos Moreau, que sua posição no local não seria suportável sem o pensamento de vingança que os sustentara até então.

Os Moreau, em ótimas relações com Grindot, o arquiteto, tinham sido avisados por ele da chegada próxima de um pintor encarregado de concluir as pinturas ornamentais do castelo, cujas telas principais acabavam de ser executadas por Schinner. O grande pintor havia recomendado o viajante, acompanhado por Mistigris, para concluir as molduras, arabescos e outros acessórios. Assim, há dois dias, a senhora Moreau estava irritada e impaciente. Um artista, que deveria ser seu hóspede durante algumas semanas, acarretaria despesas. Schinner e sua esposa haviam ocupado um apartamento no castelo, onde, conforme as ordens do conde, foram tratados como se fossem Sua Senhoria. Grindot, hóspede dos Moreau, demonstrava tanto respeito pelo grande artista que nem o administrador nem sua mulher ousaram se familiarizar com ele. Além disso, as pessoas mais ricas e mais nobres dos arredores haviam festejado e disputado Schinner e sua esposa. Assim, muito satisfeita por ter uma oportunidade de vingança, a senhora Moreau pretendia alardear na região o artista que esperava e apresentá-lo como alguém tão talentoso quanto Schinner.

Embora na véspera e na antevéspera ela tivesse usado duas toaletes muito bonitas, a bela administradora havia planejado muito bem seus recursos e reservado a mais encantadora, pois estava certa de que o artista viria jantar no sábado. Assim, ela usava sapatos de pelica marrom e meias de fio de Escócia. Um vestido cor-de-rosa com muitas listas, um cinto rosado com uma fivela de ouro ricamente trabalhada, uma corrente e cruz no pescoço e braceletes de veludo nos braços nus (a senhora de Sérisy tinha belos braços e os mostrava com frequência) davam à senhora Moreau uma aparência de parisiense elegante. Ela usava um magnífico chapéu de palha italiana, enfeitado por um buquê de rosas abertas comprado de Nattier, sob o qual seus cabelos loiros exibiam cachos brilhantes. Depois de ter planejado o jantar mais delicado e examinado a arrumação do apartamento, ela foi passear a fim de se colocar diante do canteiro de flores no grande pátio do castelo, como uma castelã, quando os carros passassem. Acima da cabeça, ela segurava uma linda sombrinha cor-de-rosa, forrada com seda branca e com franjas. Ao ver Pierrotin, que entregava ao porteiro do castelo os embrulhos estranhos de Mistigris, sem que nenhum viajante aparecesse, Estelle sentiu-se decepcionada e acreditou ter feito uma toalete inútil. Como a maioria das pessoas que se arrumam, ela se sentiu incapaz de fazer outra coisa a não ser demorar-se em seu salão, esperando o carro de Beaumont, que passava uma hora depois de Pierrotin, embora só saísse de Paris à uma da tarde, e retornou a seus aposentos, enquanto os dois artistas cuidavam de sua aparência. O jovem pintor e Mistigris ouviram tantos elogios à bela senhora Moreau feitos pelo jardineiro, a quem haviam pedido informações, que sentiram a necessidade de se empetecar (no jargão dos ateliês), e puseram suas melhores roupas para se apresentar ao pavilhão do administrador para o qual os conduziu Jacques Moreau, o filho mais velho, um rapaz confiante, vestido à inglesa, com um belo casaco de gola dobrada, que nas férias vivia como um peixe na água, nessa região em que sua mãe reinava soberana.

— Mamãe — disse ele —, aqui estão os dois artistas enviados pelo senhor Schinner.

A senhora Moreau, agradavelmente surpresa, levantou-se, mandou que o filho aproximasse as cadeiras e mostrou-se encantadora.

— Mamãe, o pequeno Husson está com meu pai — continuou o filho, falando ao ouvido da mãe —, eu vou buscá-lo.

— Não se apresse, divirtam-se juntos — disse a mãe.

Essa frase, *não se apresse*, deu a compreender aos dois artistas a pouca importância de seu companheiro de viagem, mas também deixava perceber o sentimento de uma madrasta por um enteado. De fato, a senhora Moreau, depois de 17 anos de casamento, não podia ignorar o apego do administrador pela senhora Clapart e pelo pequeno Husson, e odiava mãe e filho com toda intensidade, e isso nos faz entender por que o administrador ainda não se havia arriscado a trazer Oscar a Presles.

— Estamos encarregados, meu marido e eu — disse ela aos dois artistas— de lhes fazer as honras do castelo. Gostamos muito das artes e, sobretudo, dos artistas — acrescentou, em tom sedutor —, e peço que se sintam aqui como se estivessem em sua casa. No campo, como sabem, não temos cerimônias; é preciso dispor de toda liberdade, sem o que tudo se torna insípido. Já tivemos aqui o senhor Schinner.

Mistigris deu um olhar malicioso em direção ao companheiro.

— Os senhores o conhecem, sem dúvida — continuou Estelle, depois de uma pausa.

— Quem não o conhece, senhora? — respondeu o pintor.

— Ele é *famoso como o lúpulo* — acrescentou Mistigris.

— O senhor Grindot me disse o seu nome — continua a senhora Moreau — mas...

— Joseph Bridau — respondeu o pintor, excessivamente preocupado em descobrir com que tipo de mulher teria de lidar.

Mistigris começava a se rebelar internamente contra o tom protetor da bela administradora, mas esperava, assim como Bridau, por um gesto ou uma palavra que esclarecesse, uma dessas palavras reveladoras que os pintores, esses observadores natos e cruéis dos ridículos, que alimentam seus pincéis, percebem com tanta rapidez. E, logo de início, as mãos e pés grandes de Estelle, a filha de camponeses dos arredores de Saint-Lô, chamaram a atenção dos dois artistas; depois, uma ou duas expressões da camareira, algumas frases que desmentiam a elegância da vestimenta, fizeram com que o pintor e seu aluno reconhecessem sua presa e, com uma única troca de olhares, ambos combinaram que levariam Estelle a sério, a fim de que sua estadia fosse agradável.

— A senhora ama as artes, talvez até as cultive com sucesso? — disse Joseph Bridau.

— Não. Minha educação não foi negligenciada, mas foi puramente comercial. No entanto, tenho um sentimento tão profundo e delicado pelas artes que o senhor Schinner, ao terminar um trabalho, pedia que lhe desse a minha opinião.

— Como Molière consultava Laforêt — disse Mistigris.

Sem saber que Laforêt era uma empregada, a senhora Moreau respondeu com uma atitude que demonstrou que, por sua ignorância, ela havia considerado o comentário como sendo um cumprimento.

— Como ele não se ofereceu para esboçá-la? — disse Bridau. — Os pintores apreciam muito as belas pessoas.

— O que quer dizer com isso? — disse a senhora Moreau, em cujo semblante surgiu a ira de uma rainha ofendida.

— Dizemos, no jargão dos ateliês, esboçar uma cabeça, fazer um estudo — disse Mistigris, com ar insinuante —, e nós pedimos para esboçar as belas cabeças. Daí a expressão: "Ela é bela para esboçar!"

— Eu ignorava a origem dessa expressão — respondeu ela, lançando a Mistigris um olhar cheio de doçura.

— Meu aluno — disse Bridau —, o senhor Léon de Lora, demonstra muito talento para retratos. Ele ficaria muito feliz, bela senhora, de lhe deixar uma lembrança de nossa passagem aqui, pintando sua encantadora cabeça.

Joseph Bridau fez um sinal a Mistigris, como se dissesse: "Aproveite! Essa senhora não é nada feia." Em resposta a esse olhar, Léon de Lora sentou-se no canapé, ao lado de Estelle, e tomou sua mão, que ela não retirou.

— Ah! E se, para fazer uma surpresa a seu esposo, senhora, quiser me permitir algumas sessões em segredo, eu me esforçaria para me superar. A senhora é tão bela, tão jovem, tão encantadora! Um homem sem talento iria se tornar um gênio se a tivesse por modelo! Ele só teria de contemplar seus olhos para...

— Além disso, pintaríamos seus queridos filhos nos arabescos — disse Joseph, interrompendo Mistigris.

— Eu preferiria tê-los no meu salão, mas isso seria indiscreto — respondeu ela, olhando para Bridau com ar coquete.

— A beleza, senhora, é uma soberana adorada pelos pintores e que tem muitos direitos sobre eles.

"São encantadores", pensou a senhora Moreau.

— Gostariam de um passeio pelos bosques no final da tarde, após o jantar, na carruagem?

— Ah! Ah! Ah! Ah! Ah! — exclamava Mistigris a cada circunstância e em tom de êxtase, enquanto ela falava. — Será Presles o paraíso terrestre?

— Com uma Eva, loira, jovem e maravilhosa — acrescentou Bridau.

No momento em que a senhora Moreau se pavoneava e flutuava no sétimo céu, foi sacudida, como uma pipa que levasse um puxão.

— Senhora! — exclamou sua camareira, entrando como uma bala.

— Muito bem, Rosalie, quem é que a autorizou a entrar aqui sem ser chamada?

Rosalie nem deu atenção e disse ao ouvido de sua senhora:

— O senhor conde está no castelo.

— Ele está me chamando? — perguntou a administradora.

— Não, senhora. Mas ele pediu sua mala e a chave de seu apartamento.

— Deem-lhe o que ele pede — disse ela, fazendo um gesto impaciente para esconder sua perturbação.

— Mamãe, aqui está Oscar Husson! — exclamou um dos seus filhos mais novos, acompanhado por Oscar que, vermelho como um pimentão, não ousava avançar, ao ver os dois pintores bem trajados.

— Aqui está afinal, meu pequeno Oscar — disse Estelle, em tom seco. Espero que vá trocar de roupa — continuou ela, depois de tê-lo olhado da cabeça aos pés com ar de desprezo. — Creio que sua mãe não o habituou a jantar em sociedade, pois ainda tem a roupa da viagem.

— Ah! — disse o cruel Mistigris —, um futuro diplomata não deve ser pego de calções. *Melhor se vestir do que remediar.*

— Um futuro diplomata?! — exclamou a senhora Moreau.

Neste ponto, o pobre Oscar tinha lágrimas nos olhos e olhava para Joseph e Léon alternadamente.

— Uma brincadeira feita em viagem — respondeu Joseph que, por piedade, queria salvar Oscar dessa difícil situação.

— O jovem quis rir como nós e zombou — disse o cruel Mistigris —; agora está aí como um asno à vista de todos.

— Senhora — disse Rosalie, voltando à porta do salão —, Sua Excelência ordenou um jantar para oito pessoas e deseja que seja servido às seis horas. Que devemos fazer?

Durante a conversa de Estelle com a camareira, os dois artistas e Oscar trocaram olhares onde se viam terríveis apreensões.

— Sua Excelência! Quem? — disse Joseph Bridau.

— Ora, o senhor conde de Sérisy — respondeu o pequeno Moreau.

— Por acaso, será que ele estava no cabriolé? — perguntou Léon de Lora.

— Ah! — disse Oscar — O conde de Sérisy só pode viajar em uma carruagem de quatro cavalos.

— Como é que chegou o senhor conde de Sérisy? — perguntou o pintor à senhora Moreau, quando ela voltou, mortificada, a seu lugar.

— Não sei de nada — disse ela. — Não tenho explicação alguma para a chegada de Sua Senhoria, nem para o que ele veio fazer aqui. E Moreau nem está aqui!

— Sua Excelência pede ao senhor Schinner que vá ao castelo — disse um jardineiro, dirigindo-se a Joseph — e pede que lhe conceda o prazer de jantar com ele, assim como o senhor Mistigris.

— Estamos perdidos! — disse rindo o aprendiz. — O conde é aquele que julgamos ser um burguês no carro de Pierrotin. Temos boas razões para dizer que *nunca se embrulha aquilo que se busca*.

Oscar por pouco não se transformou em uma estátua de sal, pois, diante dessa revelação, sentiu a garganta mais salgada que o mar.

— E você, que ficou falando daqueles que adoram a mulher dele e de sua doença secreta! — disse Mistigris a Oscar.

— O que quer dizer com isso? — perguntou a mulher do administrador, olhando os dois artistas que saíram da sala, rindo da expressão de Oscar.

Oscar ficou mudo, fulminado, estúpido, sem ouvir nada, enquanto a senhora Moreau o interrogava e o sacudia violentamente por um dos braços, que ela segurava e apertava com força; mas foi obrigada a deixá-lo em seu salão antes de obter uma resposta, pois Rosalie chamou-a novamente para saber que toalha de mesa usar, para pegar a prataria e para que ela mesma se encarregasse das diversas ordens dadas pelo conde. Os empregados, os jardineiros, o porteiro e a esposa, todos iam e vinham em uma confusão fácil de imaginar. O patrão caíra em sua casa como se fosse uma bomba. Do alto de La Cave, o conde havia, de fato, tomado um atalho que conhecia e chegado à casa de seu guarda, bem antes de Moreau. O guarda ficou atônito ao ver seu verdadeiro senhor.

—Moreau está aqui? Esse é o cavalo dele? — perguntou o senhor de Sérisy.

—Não, meu senhor, mas como deve ir até Moulineaux antes de jantar, ele deixou o cavalo aqui enquanto foi dar algumas ordens no castelo.

O guarda ignorava a importância dessa resposta que, nas circunstâncias atuais, aos olhos de um homem perspicaz, equivalia a uma certeza.

—Se dá valor a seu trabalho — disse o conde a seu guarda —, vá o mais depressa possível a Beaumont nesse cavalo e entregue ao senhor Margueron o bilhete que vou escrever.

O conde entrou no pavilhão, escreveu um bilhete, dobrou o papel de modo que fosse impossível desdobrá-lo sem ser descoberto e entregou-o ao guarda assim que o viu montado.

—Nenhuma palavra a ninguém! — disse ele. — Quanto à senhora — continuou, falando com a mulher do guarda —, se Moreau se espantar por não ver o cavalo, diga-lhe que eu o peguei.

E o conde entrou em seu parque, cuja grade foi aberta a um gesto seu. Por mais acostumado que se esteja com a agitação da política, suas emoções, suas decepções, a alma de um homem bastante forte para amar, na idade do conde, é sempre jovem diante da traição. Foi tão doloroso para o senhor de Sérisy descobrir que fora enganado por Moreau, que em Saint-Brice, ele acreditou que ele fosse menos um colaborador de Léger e do notário do que alguém enganado por eles. Assim, na porta da hospedaria, durante a conversa do senhor Léger e do hospedeiro, ele ainda pensou em perdoar seu administrador depois de lhe fazer um belo sermão. Coisa estranha! A traição de seu homem de confiança não o prendeu mais do que um episódio, desde o momento em que Oscar revelou as gloriosas enfermidades do trabalhador intrépido, do administrador napoleônico. Segredos tão bem guardados só poderiam ter sido traídos por Moreau que, sem dúvida, havia zombado de seu benfeitor com a antiga camareira da senhora de Sérisy ou com a antiga Aspásia do Diretório. Enquanto percorria o atalho, o par de França, o ministro havia chorado como choram os jovens. Ele havia derramado suas últimas lágrimas! Todos os sentimentos humanos haviam sido tão intensamente atacados de uma vez que esse homem tão calmo andava por seu parque como uma fera ferida.

Quando Moreau pediu seu cavalo, a mulher do guarda lhe respondeu:

— O senhor conde acaba de pegá-lo.

— Quem? O senhor conde? — perguntou ele.

— O senhor conde de Sérisy, o nosso patrão — disse ela. — Talvez ele ainda esteja no castelo — continuou ela, para se livrar do administrador que, sem entender nada, dirigiu-se ao castelo.

Moreau ainda voltou sobre seus passos para interrogar a mulher do guarda, pois finalmente percebera a seriedade da chegada secreta e da ação bizarra de seu patrão. A mulher do guarda, assustada por estar no meio do conde e do administrador, havia fechado o pavilhão e se recolhido, resolvida a só abrir a porta a seu marido. Moreau, cada vez mais inquieto, apesar de suas botas, foi o mais depressa que pôde até a portaria, onde ficou sabendo como o conde estava vestido. Rosalie, que o administrador encontrou, disse-lhe:

— Sete pessoas para jantar com Sua Senhoria.

Moreau dirigiu-se para seu pavilhão e viu uma criada discutindo com um belo jovem.

— O senhor conde disse que viria o ajudante de campo de Mina, um coronel! — exclamava a pobre moça.

— Não sou coronel — respondia Georges.

— Mas o senhor não se chama Georges?

— O que houve? — perguntou o administrador, intervindo.

— Senhor, eu me chamo Georges Marest, sou filho de um rico atacadista da rua Saint-Martin e venho a negócios para a casa do senhor conde de Sérisy, por parte do senhor Crottat, o notário, de quem sou o segundo assistente.

— E eu vou repetir o que o senhor conde acaba de me dizer: "Vai se apresentar um coronel chamado Czerni-Georges, ajudante de campo de Mina, que veio no carro de Pierrotin. Se ele perguntar por mim, leve-o até a sala de espera". Não se deve brincar com Sua Senhoria — disse o administrador. — Vá, senhor. Mas como Sua Senhoria chegou aqui sem ter me prevenido de sua chegada? Como o senhor conde pode saber que o senhor viajou no carro de Pierrotin?

— Evidentemente — disse Georges —, o conde era o viajante que, se um rapaz não tivesse sido gentil, teria viajado como coelho no carro de Pierrotin.

— Como coelho, no carro de Pierrotin?! — exclamaram o administrador e a criada.

— Tenho certeza disso, exatamente pelo que essa moça está dizendo — continuou Georges Marest.

— Como assim? — perguntou Moreau.

— Pois é! — exclamou o assistente. — Para me divertir com os outros passageiros, eu lhes contei um monte de invenções sobre o Egito, a Grécia e a Espanha. Como estava usando esporas, eu me fiz passar por um coronel da cavalaria, apenas para me divertir.

— Vejamos — disse Moreau. — Como é o viajante que, segundo o senhor, seria o senhor conde?

— Pois — disse Georges —, a pele do rosto dele é cor-de-tijolo, os cabelos são completamente brancos e as sobrancelhas são pretas.

— É ele!

— Estou perdido — disse Georges Marest.

— Por quê?

— Zombei de suas condecorações.

— Ah! Ele é uma boa pessoa. O senhor deve tê-lo divertido. — Venha logo ao castelo — disse Moreau —, vou até os aposentos dele. Onde ele os deixou?

— No alto da montanha.

— Estou confuso — disse Moreau.

— Afinal de contas, eu zombei dele, mas não o insultei — disse o assistente.

— E por que veio até aqui? — perguntou o administrador.

— Trago pronto o ato de venda da fazenda dos Moulineaux.

— Meu Deus! — exclamou o administrador. — Não consigo entender nada.

Moreau sentiu o coração bater forte quando, depois de dar duas batidas à porta de seu patrão, ouviu:

— É o senhor Moreau?

— Sim, meu senhor.

— Entre!

O conde usava uma calça branca e botas finas, um colete branco e um casaco negro no qual brilhava, à direita, a condecoração da grã-cruz da Legião de Honra e, à esquerda, em uma botoeira, pendia o Tosão de Ouro na ponta de uma corrente de ouro. O cordão azul destacava-se intensamente sobre o colete. Ele mesmo penteara seus cabelos e, sem dúvida, havia se arrumado desse modo para fazer as honras de Presles a Margueron e, talvez, para impressionar esse homem simples com o prestígio da grandeza.

— Então, senhor — disse o conde permanecendo sentado e deixando Moreau em pé — não podemos fechar o negócio com Margueron?

— Neste momento, ele venderia sua fazenda por um preço alto demais.

— Mas por que ele não vem até aqui? — disse o conde, fingindo um ar sonhador.

— Ele está doente, meu senhor.

— Tem certeza?

— Fui até lá.

— Senhor — disse o conde, assumindo um ar severo e terrível —, o que faria com um homem de confiança que o visse cuidar de um mal que o senhor gostaria que fosse mantido em segredo, e fosse rir-se disso na casa de uma mulher de vida fácil?

— Eu lhe daria um golpe.

— E se descobrisse que, além disso, ele abusa de sua confiança e o rouba?

— Eu trataria de surpreendê-lo e faria com que fosse preso.

— Pois então, senhor Moreau! Com certeza, o senhor deve ter falado de minhas doenças na casa da senhora Clapart e deve ter rido na casa dela, com ela, do meu amor pela condessa de Sérisy, pois o pequeno Husson mencionou inúmeras circunstâncias relativas a meus tratamentos diante dos passageiros de um veículo público, nesta manhã, na minha presença, e Deus sabe com que linguagem! Ele ousou caluniar minha esposa. E fiquei sabendo pelo próprio senhor Léger, que voltava de Paris no carro de Pierrotin, sobre o plano em relação a Moulineaux, formulado pelo notário de Beaumont, pelo senhor e por ele. Se o senhor foi até a casa do senhor Margueron, seu objetivo foi o de lhe dizer que se passasse por doente. Ele está tão pouco doente que eu o espero para jantar, e sei que ele virá. Pois bem, senhor, eu o perdoo por ter 250 mil francos de fortuna, amealhados em 17 anos. Posso compreender isso. Se me tivesse pedido a cada vez aquilo que me tomou, ou o que lhe foi oferecido, eu lhe teria dado, pois o senhor é um pai de família. Mesmo com essa indelicadeza, o senhor foi melhor do que qualquer outro, estou certo. Mas o senhor, que conhece o que eu fiz por esta região, pela França, o senhor que me viu passar mais de 100 noites em prol do imperador ou trabalhando 18 horas por dia durante trimestres inteiros, o senhor que sabe o quanto amo a senhora de Sérisy, ter tagarelado diante de uma criança, ter contado meus segredos e minhas afeições para fazer rir a senhora Husson...

— Meu senhor...

— Isso é imperdoável. Ferir um homem em seus interesses não é nada, mas atacar seu coração? Ah! O senhor nem sabe o que fez! — o conde colocou a cabeça entre as mãos e permaneceu em silêncio por um momento. — Eu lhe deixo o que o senhor tem — continuou ele — e o esquecerei. Por dignidade, por mim, por sua própria honra, nós nos separaremos com dignidade, pois neste momento, me lembro daquilo que seu pai fez pelo meu. O senhor se entenderá, e bem, com o senhor de Reybert, que irá sucedê-lo. Fique calmo como eu. Não faça um espetáculo para os tolos. Sobretudo, nada de discussões nem de mesquinharias. Se não tem mais minha confiança, procure guardar o decoro dos ricos. Quanto ao pequeno idiota que quase me matou, que ele não durma em Presles! Coloque-o na hospedaria, pois não respondo por mim se o vir.

— Não mereceria tanta bondade — disse Moreau com lágrimas nos olhos. Sim, se eu tivesse sido realmente improbo, teria agora 500 mil francos; além disso, estou pronto a lhe prestar contas detalhadamente de minha fortuna! Mas permita que lhe diga, meu senhor, que ao conversar sobre o senhor com a senhora Clapart, não tive nunca a intenção de zombar, mas, ao contrário, de deplorar seu estado, e para lhe perguntar se não conheceria algum remédio desconhecido pelos médicos e usado pelas pessoas do povo. Conversamos sobre seus sentimentos diante do pequeno quando ele estava adormecido, embora tudo indique que ele nos ouvia, mas isso foi feito sempre em termos repletos de afeição e de respeito. A infelicidade quer que as indiscrições sejam punidas como crimes. Mas, enquanto aceito as consequências de sua justa cólera, saiba ao menos como as coisas aconteceram. Ah! Foi de coração para coração que falei do senhor com a senhora Clapart. Enfim, o senhor pode interrogar minha mulher; nós nunca falamos dessas coisas entre nós.

— Basta — disse o conde, inteiramente convicto —, não somos crianças, tudo é irrevogável. Vá colocar seus assuntos e os meus em ordem. Pode permanecer no pavilhão até o mês de outubro. O senhor e a senhora de Reybert ficarão alojados no castelo; sobretudo, faça-me o favor de se dar com eles como pessoas de bem, que se odeiam, mas que mantêm as aparências.

O conde e Moreau desceram. Moreau estava branco como os cabelos do conde; o conde, calmo e digno.

Enquanto essa cena se desenrolava, o carro de Beaumont, que partira de Paris à uma hora, havia parado diante da grade e deixara o senhor Crottat no castelo, onde, conforme a ordem dada pelo conde, foi esperar no salão e lá encontrou seu assistente muito constrangido, em companhia de dois pintores, todos envergonhados pelo que haviam feito. O senhor de Reybert, um homem de 50 anos com aspecto rude, mas probo, estava acompanhado pelo senhor Margueron e pelo notário de Beaumont, que segurava um maço de papéis e de títulos. Quando todas essas pessoas viram surgir o conde em suas roupas de homem de Estado, Georges Marest sentiu um frio na barriga, Joseph Bridau tremeu, mas Mistigris, que usava suas roupas de domingo e que, além de tudo, nada tinha feito de censurável, disse bem alto:

— Ah! Bem, ele fica muito melhor assim.

— Moleque — disse o conde, puxando-o por uma orelha —, nós dois fazemos decorações. Reconheceu sua obra, meu caro Schinner? — disse o conde, mostrando o teto ao artista.

— Meu senhor — respondeu o artista —, errei ao me apossar de um nome famoso, por pura bravata, mas esta viagem me obriga a pintar belas coisas e a usar aqui o nome de Joseph Bridau.

— O senhor me defendeu — disse o conde —, e espero que me dê o prazer de jantar comigo, assim como nosso espirituoso Mistigris.

— Vossa Senhoria não sabe a que se expõe — disse o atrevido aprendiz. *Barriga famosa não tem artelhos.*

— Bridau! — exclamou o conde, atônito com uma lembrança. — O senhor não seria parente de um dos mais ardentes trabalhadores do Império, um chefe de divisão que sucumbiu, vítima de seu zelo?

— Sou seu filho, meu senhor — respondeu Joseph, inclinando-se.

— O senhor é bem-vindo aqui — continuou o conde, tomando a mão do pintor entre as suas. — Conheci seu pai e o senhor pode contar comigo como contaria com um... tio da América — acrescentou o senhor de Sérisy, sorrindo. — Mas é jovem demais para ter aprendizes. Com quem estuda Mistigris?

— Com meu amigo Schinner, que o cedeu para este trabalho — respondeu Joseph. — Mistigris se chama Léon de Lora. Meu senhor, se se lembra de meu pai, peço-lhe que pense em um de seus filhos que se acha acusado de conspiração contra o Estado e que está sendo julgado diante da corte dos pares.

— Ah! É verdade — disse o conde —, pensarei nisso, tenha certeza. Quanto ao príncipe Czerni-Georges, o amigo de Ali-Paxá, o ajudante de campo de Mina — disse o conde, avançando em direção a Georges.

— Ele? É o meu segundo assistente! — exclamou o notário Crottat.

— Está enganado, senhor Crottat — disse o conde, com ar severo. Um assistente que deseja ser notário algum dia, não deixa papéis importantes nas diligências ao alcance dos passageiros! Um assistente que deseja vir a ser notário não gasta 20 francos entre Paris e Moisselles! Um assistente que queira ser notário não se expõe à prisão como renegado.

— Meu senhor — disse Georges Marest —, fiz isso para divertir meus companheiros de viagem, mas...

— Então, deixe que Sua Excelência fale — disse-lhe o patrão, dando-lhe uma bela cotovelada.

— Um notário deve ter, desde cedo, discrição, finura e não confundir um ministro de Estado com um fabricante de velas.

— Aceito a culpa por minhas faltas, mas não deixei os papéis ao alcance de qualquer passageiro — disse Georges.

— Neste momento, está cometendo o erro de desmentir um ministro de Estado, um par de França, um nobre, um idoso, um cliente. Procure o contrato de venda.

O assistente examina todos os papéis em sua pasta.

— Não misture seus papéis — disse o ministro de Estado, tirando um documento do bolso. — Eis aqui o que está procurando.

Crottat virou o papel três vezes, de tanto que ficou surpreso.

— Como isto pôde acontecer, senhor? — disse o notário a Georges.

— Se eu não o tivesse pegado — continuou o conde —, o senhor Léger, que não é nem um pouco bobo, como o julgou por suas perguntas sobre agricultura, pois ele lhe demonstrava que é sempre preciso ter em mente sua profissão, o senhor Léger poderia tê-lo pegado e adivinhado meu projeto. O senhor também me dará o prazer de jantar comigo, mas com a condição de nos contar a execução do muçulmano de Esmirna, e terminará de nos contar as memórias de algum cliente que, provavelmente, deve ter lido antes do público.

— "Óleo por olho" — disse Léon de Lora em tom baixo a Joseph Bridau.

— Senhores — disse o conde ao notário de Beaumont, a Crottat, aos senhores Margueron e de Reybert —, passemos para o outro lado; não sentaremos à mesa sem ter concluído, pois, como diz Mistigris, é preciso saber se calar.

— Pois bem! É mesmo uma boa pessoa — disse Léon de Lora a Georges Marest.

— Sim, mas meu patrão não é tão bom e vai me dizer para cantar em outra freguesia.

— Ah! Você gosta de viajar — disse Bridau.

— Que bronca o rapaz vai receber do senhor e da senhora Moreau! — exclamou Léon de Lora.

— Um pequeno tolo — disse Georges. — Sem ele, o conde teria se divertido. De qualquer modo, foi uma boa lição, e nunca mais vão me pegar falando em um veículo público!

— Ah! Isso é bobagem — disse Joseph Bridau.

— E comum — disse Mistigris. — Além disso, *Falar demais combina.*

Enquanto o senhor Margueron e o conde de Sérisy tratavam de negócios, cada um deles auxiliado por seu notário, na presença do senhor de Reybert, o ex-administrador voltava em passos lentos para seu pavilhão. Entrou sem olhar para nada e sentou-se no canapé do salão onde o pequeno Husson foi se esconder em um canto fora de sua vista, pois o rosto lívido do protetor de sua mãe o assustara.

— E então, meu amigo — disse Estelle, entrando muito fatigada por tudo que havia acabado de fazer — o que você tem?

— Minha cara, estamos perdidos e sem recursos. Não sou mais o administrador de Presles, não tenho mais a confiança do conde.

— Como aconteceu?

— O senhor Léger, que estava no carro de Pierrotin, colocou-o a par do negócio de Moulineaux, mas não foi por isso que perdi a confiança dele.

— O que houve?

— Oscar falou mal da condessa e revelou as doenças do conde.

— Oscar?! — exclamou a senhora Moreau. — Você foi punido pelo seu pecado. É isso que ganha por proteger aquela serpente em seu peito. Quantas vezes avisei que...

— Basta! — disse Moreau, com voz alterada.

Naquele momento, Estelle e o marido descobriram Oscar escondido em um canto. Moreau caiu sobre o infeliz rapaz como um gavião sobre a presa, pegou-o pela gola do casaco verde-oliva e levou-o até uma janela.

— Fale! O que foi que disse ao conde no carro? Que demônio soltou sua língua, você, que fica mudo todas as vezes em que lhe faço perguntas? Em que estava pensando? — disse-lhe o administrador com violência surpreendente.

Assustado demais para chorar, Oscar manteve-se em silêncio e ficou imóvel como uma estátua.

— Venha pedir perdão à Sua Excelência — disse Moreau.

— Acha que Sua Excelência se preocupa com esse verme? — perguntou Estelle, furiosa.

— Venha, vamos ao castelo — continuou Moreau.

Oscar despencou como uma massa inerte e caiu ao chão.

— Quer vir comigo? — disse Moreau, cuja ira aumentava de momento a momento.

— Não! Não! Piedade! — exclamou Oscar, que não queria se submeter a um suplício que lhe parecia pior que a morte.

Moreau agarrou-o então pelo casaco, arrastou-o como um cadáver pelos pátios que se encheram com os gritos e soluços do rapaz; ele o arrastou pelas escadas e, com um braço fortalecido pela raiva, jogou-o ao chão do salão, chorando e duro como um poste, aos pés do conde, que acabava de concluir a aquisição de Moulineaux e que dirigia-se para a sala de jantar com todos os demais.

— De joelhos! De joelhos! Infeliz! Peça perdão a quem lhe deu o pão do espírito e conseguiu para você uma bolsa no colégio — gritou Moreau.

Oscar, com o rosto contra o chão, espumava de raiva, sem dizer uma palavra. Todos na sala tremiam. Moreau, que não se controlava mais, mostrava um rosto avermelhado e congestionado.

— Esse rapaz é só vaidade — disse o conde —, depois de esperar em vão pelas desculpas de Oscar. — Um orgulhoso se humilha, pois existe grandeza em algumas humilhações. Temo que este rapaz não venha nunca a servir para nada.

E o ministro de Estado seguiu seu caminho.

Moreau pegou Oscar e o levou para casa. Enquanto estavam atrelando os cavalos à caleça, ele escreveu a seguinte carta à senhora Clapart:

"Minha cara, Oscar acaba de me arruinar. Durante a viagem no carro de Pierrotin, nesta manhã, ele falou das leviandades da senhora condessa para Sua Excelência, que viajava incógnito, e lhe contou os segredos sobre a terrível doença que o acometeu por passar tantas noites trabalhando em suas diversas funções. Depois de me destituir, o conde me recomendou que não deixasse Oscar dormir em Presles e que o mandasse de volta. Assim, para lhe obedecer, neste momento estão atrelando meus cavalos à pequena carruagem de minha esposa, e Brochon, meu empregado da estrebaria, vai levar esse pequeno miserável para casa. Estamos, minha mulher e eu, em uma desolação que bem pode imaginar, mas que não vou lhe descrever. Daqui a poucos dias irei vê-la, pois é preciso que tome uma decisão. Tenho três filhos, devo pensar no futuro e ainda não sei o que resolverei, pois minha intenção é mostrar ao conde o que valem 17 anos da vida de um homem como eu. Partindo de 260 mil francos, quero chegar a uma fortuna que me permita ser algum dia quase igual a Sua Excelência. Neste momento, sinto-me capaz de levantar montanhas, de vencer dificuldades intransponíveis. Que alavanca pode ser uma cena de humilhação como esta! Que sangue tem Oscar nas veias? Não posso elogiar nada nele, seu comportamento foi o de uma toupeira; no momento em que escrevo, ele ainda não pronunciou uma palavra, nem respondeu às minhas perguntas nem às de minha mulher. Será que ele vai ser tornar um imbecil ou já o é? Cara amiga, você não o instruiu antes de embarcar? Quanta infelicidade teria sido evitada se o tivesse acompanhado como lhe pedi! Se Estelle a assustava, você poderia ter ficado em Moisselles. Enfim, nada mais há a dizer. Adeus, até logo.

Seu servidor devotado e amigo,

Moreau."

Às oito horas da noite, a senhora Clapart, depois de dar um pequeno passeio com seu marido, tricotava meias de inverno para Oscar, à luz de uma única vela. O senhor Clapart esperava um de seus amigos, chamado Poiret, que vinha às vezes jogar uma partida de dominó com ele, pois nunca arriscava passar a noite em um café. Apesar da prudência que lhe impunha a escassez de sua fortuna, Clapart não conseguia manter a moderação em meio a objetos de consumo e na presença de frequentadores que o provocassem com zombarias.

— Temo que Poiret já tenha vindo — disse Clapart a sua mulher.

— Mas, meu amigo, a porteira nos teria avisado — respondeu a senhora Clapart.

— Ela bem que pode ter esquecido!

— Por que pensa que ela esqueceu?

— Não seria a primeira vez que ela esquece algo para nós, pois Deus sabe como são tratadas as pessoas que não têm criadagem.

— Enfim — disse a pobre mulher, para mudar o rumo da conversa e tentar escapar às picuinhas de Clapart —, Oscar está agora em Presles. Ele será bem feliz naquela bela terra, naquele lindo parque.

— Sim, espere por belas notícias — respondeu Clapart. — Ele vai arrumar confusões.

— Você nunca vai parar de implicar com essa pobre criança? Que mal ele lhe fez? Meu Deus, se algum dia estivermos em boa situação, pode ser que lhe devamos isso, pois ele tem bom coração.

— Quando esse rapaz vencer no mundo, há muito tempo já estaremos mortos — exclamou Clapart. — Ele terá mudado muito então! Mas você não conhece bem seu filho, ele é fanfarrão, mentiroso, preguiçoso e incapaz.

— E se você fosse encontrar o senhor Poiret? — disse a pobre mãe, ferida no coração com o rumo que a conversa estava tomando.

— Uma criança que nunca foi premiada em suas aulas! — exclamou Clapart.

Aos olhos dos burgueses, conquistar prêmios nas aulas é a certeza de um belo futuro para uma criança.

— E você conquistou algum? — perguntou a esposa. — Oscar conseguiu uma quarta menção honrosa em filosofia.

Essa interrupção impôs silêncio a Clapart por um momento.

— Além de tudo, a senhora Moreau deve gostar muito mesmo dele, como você sabe bem! Ela tratará de criar desavenças com o marido. Oscar tornar-se administrador de Presles? Para isso seria preciso entender de agrimensura e conhecer agricultura.

— Ele aprenderá.

— Ele? Duvido! Se ele conquistasse essa posição, não passaria uma semana sem cometer algumas besteiras que fariam com que fosse despedido pelo conde de Sérisy.

— Meu Deus, como você pode desejar tanto mal no futuro para uma pobre criança cheia de qualidades, um anjo de doçura, incapaz de fazer mal a qualquer pessoa?

Nesse momento, o ruído de um chicote de postilhão, o barulho de uma pequena carruagem em trote e de dois cavalos que paravam à porta da casa agitavam a rua da Cerisaie. Clapart, que ouvira as janelas se abrindo, saiu para a sacada.

— Estão trazendo Oscar de volta! — exclamou ele com ar em que a satisfação se escondia sob uma inquietude real.

— Ah! Meu Deus, o que lhe aconteceu? — disse a pobre mãe, tomada por um tremor que a sacudiu como uma folha chacoalhada pelo vento do outono.

Brochon subiu, seguido por Oscar e Poiret.

— Meu Deus, o que aconteceu? — repetiu a mãe, dirigindo-se ao rapaz da estrebaria.

— Não sei, mas o senhor Moreau não é mais o administrador de Presles. Disseram que seu filho foi a causa disso, e que Sua Senhoria ordenou que ele voltasse para casa. Aqui está uma carta do pobre senhor Moreau, que mudou a tal ponto que até assusta, senhora.

— Clapart, dois copos de vinho para o condutor e para o senhor — disse a mãe, que se jogou em uma poltrona, onde leu a carta fatal. — Oscar — disse ela, arrastando-se para a cama —, você quer matar a sua mãe! Depois de tudo que eu lhe disse nesta manhã...

A senhora Clapart não conseguiu concluir a frase, pois desmaiou de dor.

Oscar ficou estupefato, sem ação, em pé. A senhora Clapart voltou a si, ouvindo o marido que sacudiu Oscar pelo braço e dizia:

— Responda!

— Vá se deitar — disse ela ao filho. — Deixe-o tranquilo, senhor Clapart, não o enlouqueça, pois ele mudou tanto que dá medo.

Oscar não ouviu a frase da mãe, pois já tinha ido se deitar assim que recebeu a ordem.

Todos que se lembram da própria adolescência não ficarão surpreendidos ao saber que, depois de um dia tão cheio de emoções e acontecimentos, Oscar dormiu o sono dos justos, apesar da enormidade de suas faltas. No dia seguinte, ele não achou a natureza tão mudada como esperava e ficou surpreso de sentir fome, já que na véspera se considerara indigno de viver. Não sofreu a não ser moralmente. Nessa idade, as impressões morais se sucedem com demasiada rapidez para que uma não enfraqueça a outra, por mais profundamente gravada que esteja a primeira. Assim, o sistema de punições corporais, embora atacado ultimamente pelos filantropos, é necessário em determinados casos para a educação infantil e, além disso, ele é o mais natural, pois é desse modo que a natureza procede, servindo-se da dor para imprimir uma lembrança duradoura de seus ensinamentos. Se, à vergonha passageira que Oscar sofrera na véspera, o administrador tivesse acrescentado uma pena aflitiva, talvez a lição estivesse completa. O discernimento com que as correções devem ser empregadas é o maior argumento contra elas, pois a natureza nunca se engana, enquanto que o professor erra com frequência.

A senhora Clapart tivera o cuidado de fazer com que seu marido saísse para ficar a sós com o filho durante a manhã. Ela estava em um estado lastimável. Seus olhos, enternecidos pelas lágrimas; seu rosto, fatigado por uma noite insone; sua voz afável, tudo nela pedia piedade, mostrando uma dor excessiva que não poderia suportar mais uma vez. Ao ver que Oscar entrava, ela lhe fez um sinal para que se sentasse a seu lado e lembrou-lhe em tom doce, mas penetrante, a bondade do administrador de Presles. Disse a Oscar que, sobretudo nos últimos seis anos, ela vivia das engenhosas caridades de Moreau. O trabalho do senhor Clapart, conseguido pelo conde de Sérisy, bem como a bolsa parcial com a qual Oscar acabara seus estudos, algum dia deixaria de existir. Clapart não podia pedir uma aposentadoria, por não ter anos suficientes de serviços no Tesouro nem na prefeitura. O que aconteceria com eles quando o senhor Clapart não pudesse mais trabalhar?

—Eu — disse ela —, mesmo que tenha de cuidar de doentes ou ser governanta em uma grande casa, conseguirei ganhar meu pão e cuidar do senhor Clapart. E você, Oscar, o que poderá fazer? Você não tem fortuna e deve conseguir uma, pois é preciso se sustentar. Existem apenas quatro carreiras para os jovens como você: o comércio, a administração, as profissões privilegiadas e o serviço militar. Qualquer tipo de comércio exige capitais que não temos para lhe dar. Quando não tem capitais, um jovem depende de sua dedicação e de sua capacidade, mas o comércio exige muita discrição, e sua conduta de ontem não permite esperar que você atinja o sucesso. Para entrar em uma administração pública, deve-se fazer um longo estágio e ter proteções, e você acaba de afastar o único protetor que tínhamos e o mais poderoso de todos. Além disso, suponhamos que você fosse dotado dos meios extraordinários com os quais um jovem sobe com facilidade, no comércio ou na administração, onde conseguir o dinheiro para viver e se vestir durante o tempo em que aprende a profissão?

Aqui a mãe se entregou, como todas as mulheres, a lamentações prolixas: como ela iria viver, privada da ajuda em víveres que a administração de Presles permitia que Moreau lhe enviasse? Oscar havia mudado a sorte de seu protetor. Depois do comércio e da administração, carreiras nas quais seu filho não devia pensar, por ela não poder mantê-lo nos estudos, vinham as profissões privilegiadas do notariado, do direito, dos procuradores e dos oficiais de justiça. Mas para isso era preciso estudar direito, talvez durante três anos, e pagar quantias consideráveis pelas inscrições, pelos exames, pelas teses e diplomas; o grande número de candidatos exigia que a pessoa se distinguisse por um talento superior e a questão de como manter Oscar também o impedia.

— Oscar — disse ela, concluindo —, pus em você todo o meu orgulho e minha vida. Ao aceitar uma velhice infeliz, eu descansava meu olhar sobre você, e o via abraçando uma boa carreira e tendo sucesso. Essa esperança me deu coragem de suportar as privações que sofri durante 6 anos para mantê-lo no colégio, que nos custava cerca de 700 a 800 francos por ano, apesar da bolsa parcial. Agora, que minhas esperanças findaram, sua sorte me assusta! Não posso dispor de um centavo do salário do senhor Clapart para meu filho, para mim. O que você vai fazer? Não é bom o suficiente em matemática para entrar nas escolas especiais e, além disso, onde encontraria os 3 mil francos de pensão exigidos? Eis a vida como ela é, meu filho! Você tem 18 anos, é forte, aliste-se como soldado; essa será a única maneira de ganhar seu sustento.

Oscar ainda não sabia nada da vida. Como todos os filhos que foram criados sem conhecer a pobreza de sua casa, ele ignorava a necessidade de ganhar dinheiro. A palavra *comércio* não lhe trazia nenhuma ideia, e a palavra *administração* não lhe dizia quase nada, pois ele não percebia os resultados. Assim, ele escutou a repreensão da mãe com ar submisso, com o qual tentava demonstrar arrependimento, mas as palavras ouvidas se perdiam no vazio. Mesmo assim, a ideia de ser soldado e as lágrimas que caíam dos olhos da mãe fizeram o rapaz chorar. Assim que a senhora Clapart viu o rosto de Oscar molhado de lágrimas, ela encontrou forças e, como todas as mães em casos similares, buscou as palavras que terminariam esse tipo de crise, em que elas sofrem ao mesmo tempo suas dores e as de seus fihos.

— Vamos, Oscar, prometa que será discreto no futuro, que não falará mais a torto e a direito, que reprimirá seu amor-próprio, que... etc., etc.

Oscar prometeu tudo que a mãe lhe pediu e, depois de trazê-lo docemente para perto de si, a senhora Clapart terminou por abraçá-lo para consolá-lo pelas censuras que ouviu.

— Agora — disse ela —, você vai escutar sua mãe e seguir os conselhos recebidos, pois uma mãe só pode dar bons conselhos ao filho. Nós iremos até a casa de seu tio Cardot. Ele é a nossa última esperança. Cardot deve muito a seu pai que, ao lhe conceder a mão de sua irmã, a senhorita Husson, com um dote enorme para aquela época, lhe permitiu fazer uma grande fortuna no comércio de sedas. Penso que ele o colocará na casa do senhor Camusot, seu sucessor e genro, na rua Bourdonnais... Mas, veja bem, seu tio Cardot tem quatro filhos. Ele deu seu estabelecimento do Casulo de Ouro para sua filha mais velha, a senhora Camusot. Se Camusot tem milhões, ele tem também quatro filhos, de dois casamentos diferentes, e mal sabe que nós existimos. Cardot casou Marianne, sua segunda filha, com o senhor Protez, da casa Protez et Chiffreville. O cartório de seu filho mais velho, o notário, custou 400 mil francos, e ele acaba de associar Joseph Cardot, seu segundo filho, à casa da drogaria Matifat. Seu tio Cardot teria, portanto, muitas razões para não se interessar por você, a quem vê quatro vezes por ano. Ele nunca veio me fazer uma visita, mas sabia muito bem ir me ver na casa da *Madame-mère* para obter as provisões das Altezas imperiais, do imperador e das pessoas importantes da corte. Agora, os Camusot fazem ares de importantes! Camusot casou o filho de sua primeira esposa com a filha de um oficial do gabinete do rei! Ele não se curva diante de qualquer um! Enfim, é inteligente, pois tem a freguesia da corte sob os Bourbon como tinha sob o imperador. Assim, iremos amanhã à casa de seu tio Cardot; espero que saiba se comportar ali, pois, repito, essa é nossa última esperança.

O senhor Jean-Jérôme-Séverin Cardot era viúvo há seis anos de sua esposa, a senhorita Husson, a quem o fornecedor, no tempo de seu esplendor, dera 100 mil francos de dote, em dinheiro. Cardot, o primeiro caixeiro do Casulo de Ouro, uma das mais antigas casas de Paris, comprara esse estabelecimento em 1793, quando seus patrões estavam arruinados devido ao tabelamento, e o dinheiro do dote da senhorita Husson lhe permitira reunir uma fortuna quase colossal em 10 anos. Para estabelecer seus filhos na riqueza, ele teve a ideia engenhosa de investir a quantia de 300 mil francos para sua esposa e ele mesmo, o que lhe dava 30 mil francos líquidos de renda. Quanto a seus capitais, ele os dividiu em três lotes, cada um com 400 mil francos para os filhos. O Casulo de Ouro, dote da filha mais velha, foi aceito por essa quantia por Camusot. O senhor, quase septuagenário, podia então gastar seus 30 mil francos ao ano, sem prejudicar os interesses dos filhos, todos bem estabelecidos e cujos gestos de afeto não eram maculados por nenhum interesse pessoal. O tio Cardot morava em Belleville, em uma das primeiras casas situadas acima de La Courtille. Ele ocupava, no primeiro andar que dominava o vale do Sena, um apartamento de mil francos, voltado para o sul e com uso exclusivo de um grande jardim. Assim, os três ou quatro outros inquilinos alojados nessa grande casa de campo não o incomodavam. Com um contrato longo, que lhe dava a garantia de terminar seus dias nesse local, ele vivia de modo muito mesquinho, servido por sua velha cozinheira e pela antiga camareira da senhora Cardot, que esperavam receber, quando da morte dele, uma renda de 600 francos e que, por isso, não lhe roubavam. Essas duas mulheres cuidavam muito bem de seu patrão e se interessavam ainda mais por ele não ser nada impertinente nem irritadiço. O apartamento, mobiliado pela falecida senhora Cardot, permanecia no mesmo estado há seis anos, e ele se contentava com isso; não gastava mais de mil escudos por ano, pois jantava em Paris cinco vezes por semana e voltava todas as noites à meia-noite em um fiacre de aluguel, cuja cocheira se localizava na barreira da Courtille. Assim, a cozinheira apenas cuidava do almoço. O cavalheiro almoçava às 11 horas e, depois, vestia-se, perfumava-se e ia para Paris. Comumente, as pessoas avisam quando vão jantar fora, mas o senhor Cardot avisava quando decidia jantar em casa.

Esse senhor idoso, gordo, saudável, forte, andava, como se diz, sempre empertigado, isto é, sempre com meias de seda preta, calção em seda grossa e fosca, colete de piquê branco, roupa de baixo branquíssima, casaco azul acinzentado, luvas de seda violeta, fivelas de ouro nos sapatos e no calção, além de um toque de pó de arroz e um rabicho atado com uma fita preta. Seu rosto destacava-se por sobrancelhas espessas como um matagal, sob as quais piscavam olhos cinzentos, e também por um nariz quadrado, largo e comprido, que lhe dava um ar de um antigo prebendado. Aquela era a fisionomia de um homem de palavra. O senhor Cardot pertencia, de fato, àquela raça de anciões astutos, que desaparece a cada dia e que alegrava, como em Turcaret, os romances e as comédias do século XVIII. O tio Cardot dizia: "Bela dama!" e levava para casa de carro as mulheres que se achavam sem protetor; ele se colocava à disposição delas, segundo sua expressão, com modos cavalheirescos. Sob seu ar calmo, sob seus cabelos brancos, ele escondia uma velhice unicamente voltada para o prazer. Entre os homens, ele assumia o epicurismo e se permitia gracejos um tanto fortes. Não havia achado nada mal que seu genro Camusot tivesse cortejado a charmosa atriz Coralie, pois ele mesmo havia sido secretamente o mecenas da senhorita Florentine, primeira dançarina do teatro da Gaîté. Mas nada dessa vida e dessas opiniões transparecia em sua casa nem em seu comportamento exterior. O tio Cardot, grave e educado, passava por ser quase frio, tal era o decoro que exibia, a ponto de poder ser chamado de hipócrita por alguma devota. Esse digno senhor odiava em especial os padres; ele fazia parte do grande número de assinantes do *Constitutionnel* e se preocupava muito com as recusas de sepulturas. Adorava Voltaire, embora suas preferências se voltassem para Piron, Vadé, Collé. Naturalmente, ele admirava Béranger, a quem chamava engenhosamente de *grande padre da religião de Lisette*. Suas filhas, a senhora Camusot e a senhora Protez, e seus dois filhos teriam levado um susto se alguém lhes tivesse explicado o que o pai entendia por cantar *La mère Godichon*! Esse idoso sensato não falara nada aos filhos sobre suas rendas vitalícias e, assim, ao vê-lo vivendo de modo tão mesquinho, todos pensavam que ele havia aberto mão de sua fortuna em benefício deles e redobravam seus cuidados e sua ternura. Além disso, ele às vezes dizia aos filhos:

— Não percam sua fortuna, pois nada poderei lhes deixar.

Camusot, que ele considerava ter muito caráter e de quem gostava muito, a ponto de incluí-lo em suas saídas, era o único que conhecia o segredo dos 30 mil francos de renda vitalícia. Camusot aprovava a filosofia do cavalheiro que, segundo ele, depois de fazer a alegria dos filhos e ter cumprido seu dever de modo tão nobre, bem podia terminar a vida com alegria.

— Veja bem, meu amigo — dizia-lhe o antigo chefe do Casulo de Ouro —, eu podia casar-me de novo, não é? Uma mulher jovem iria me dar filhos. Sim, eu os teria, pois estava na idade em que isso sempre acontece. Muito bem! Florentine não me custa tanto quanto uma esposa, não me incomoda, não me dará filhos e nunca vai devorar a fortuna de vocês.

Camusot afirmava que o senhor Cardot tinha o sentido mais preciso de família e o considerava como o sogro perfeito. Dizia:

— Ele sabe conciliar o interesse de seus filhos com os prazeres que é natural gozar na velhice, depois de ter passado pelas atribulações do comércio.

Nem os Cardot, nem os Camusot, nem os Protez suspeitavam da existência de sua tia, a senhora Clapart. As relações de família se limitavam ao envio de cartões de participação de morte ou de casamento ou cartões de Boas Festas. A altiva senhora Clapart só deixava de lado seus sentimentos pelo interesse de seu Oscar e diante de sua amizade por Moreau, a única pessoa que permaneceu fiel a ela na infelicidade. Ela não tinha cansado o senhor Cardot com sua presença nem o importunara, mas se apegava a ele como a uma esperança, ia vê-lo uma vez por trimestre, havia lhe falado de Oscar Husson, sobrinho da falecida senhora Cardot, e o havia levado junto em visitas três vezes durante as férias. Em cada visita, o cavalheiro jantara com Oscar no Cadran-Bleu, levara-o à noite até o teatro da Gaîté e de volta à casa na rua da Cerisaie. Uma vez, depois de ter lhe comprado roupas novas, ele lhe havia dado o copo e os talheres de prata exigidos no enxoval do colégio. A mãe de Oscar esforçava-se por provar ao cavalheiro que ele era querido pelo sobrinho, sempre falava do copo, dos talheres e da roupa tão encantadora da qual não sobrava mais nada, exceto o colete. Mas essas pequenas gentilezas mais prejudicavam a Oscar do que lhe serviam junto ao velho astuto que era o tio. O senhor Cardot nunca havia amado sua falecida esposa, uma mulher grande, seca e ruiva; além disso, ele conhecia as circunstâncias do casamento do falecido Husson com a mãe de Oscar e, sem deixar de estimá-la, não ignorava que o jovem Oscar havia nascido após a morte do pai. Desse modo, o pobre sobrinho parecia totalmente estranho a Cardot. Sem prever os problemas, a mãe de

Oscar não tentara remediar as faltas de ligação entre Oscar e seu tio, inspirando ao comerciante amizade pelo sobrinho desde tenra idade. Como todas as mulheres que se concentram no sentimento da maternidade, a senhora Clapart não conseguia se colocar no lugar do tio Cardot e acreditava que ele devia se interessar muito por uma criança tão encantadora e que levava o nome da senhorita Cardot.

— Senhor, é a mãe de Oscar, o seu sobrinho — disse a camareira ao senhor Cardot, que passeava em seu jardim enquanto esperava pelo almoço, depois de ter sido barbeado e empoado pelo barbeiro.

— Bom dia, minha bela — disse o antigo comerciante de sedas, saudando a senhora Clapart e se envolvendo no *robe de chambre* de piquê branco. — Ah! O seu pequeno está crescendo — continuou ele, dando um beliscão na orelha de Oscar.

— Ele terminou os estudos e ficou bem triste porque o querido tio não foi assistir à distribuição dos prêmios do Henrique IV, para os quais foi indicado. O nome Husson, que ele usará com dignidade, assim esperamos, foi proclamado!

— Com os diabos! — disse o ancião, parando. A senhora Clapart, Oscar e ele passeavam em um terraço, diante das laranjeiras, murtas e romãzeiras. — E o que ele recebeu?

— A quarta menção honrosa em filosofia — respondeu gloriosamente a mãe.

— Ah! Esse rapaz tem um bom caminho pela frente para recuperar o tempo perdido! — exclamou o tio Cardot. — Terminar com uma menção honrosa... não é o que se espera! Almoçam comigo? — perguntou.

— Estamos às suas ordens — respondeu a senhora Clapart. — Ah! Meu caro senhor Cardot, que satisfação para pais e mães quando seus filhos começam bem em sua vida! Nesse aspecto, como aliás em todos os outros — disse ela se corrigindo —, o senhor é um dos pais mais felizes que conheço. Sob a direção de seu virtuoso genro e sua amável filha, o Casulo de Ouro continua a ser um dos principais estabelecimentos de Paris. Seu filho mais velho, há 10 anos, está na chefia do melhor cartório da capital e se casou muito bem. Seu caçula acaba de se associar à mais próspera das drogarias. E, além disso, o senhor tem netas encantadoras. O senhor tornou-se o chefe de quatro grandes famílias. Deixe-nos a sós, Oscar. Vá ver o jardim, mas não toque nas flores.

— Ele já tem 18 anos — disse o tio Cardot, sorrindo diante dessa recomendação que diminuía Oscar.

— Pois é! Tem razão, meu caro senhor Cardot e, depois de tê-lo trazido até aqui, nem torto nem desconjuntado, com espírito e corpo sãos, depois de ter sacrificado tudo para lhe dar educação, seria bem duro não vê-lo no caminho da fortuna.

— E aquele senhor Moreau, por cujo intermédio conseguiu a bolsa parcial no colégio Henrique IV? Ele o colocará em um bom caminho — disse o tio Cardot, com a hipocrisia oculta sob um ar bonachão.

— O senhor Moreau pode morrer — disse ela —, e além disso, ele se desentendeu, sem possibilidade de reconciliação, com o conde de Sérisy, o patrão dele.

— Que diabos! Escute, madame, vejo que a senhora veio...

— Não, senhor — disse a mãe de Oscar, interrompendo com firmeza o idoso que, por se tratar de uma bela mulher, conteve a irritação por ser interrompido.— Ah! O senhor não sabe nada das angústias de uma mãe que, já há sete anos, é obrigada a pegar para seu filho a soma de 600 francos por ano dos 1800 francos recebidos pelo marido. Sim, meu caro senhor, essa é toda a nossa fortuna. Assim, o que posso fazer por meu Oscar? O senhor Clapart detesta tanto esse pobre rapaz que é totalmente impossível que ele permaneça em nossa casa. Uma pobre mulher, sozinha no mundo, não deveria nessas circunstâncias vir procurar o único parente que seu filho tem sob o céu?

— A senhora tem razão — respondeu o cavalheiro Cardot. — A senhora nunca tinha me falado nada disso.

— Ah! Meu caro — respondeu com altivez a senhora Clapart —, o senhor é o último a quem eu confiaria até que ponto vai minha miséria. É tudo minha culpa. Aceitei tomar por marido um homem cuja incapacidade ultrapassa toda imaginação. Ah! Sou uma infeliz.

— Escute, senhora — respondeu o velho, em tom sério —, não chore mais. Fico aflito ao ver chorar uma bela mulher. Afinal de contas, seu filho se chama Husson, e se minha querida esposa ainda fosse viva, ela faria qualquer coisa pelo nome de seu pai e de seu irmão.

— Ela gostava muito do irmão! — exclamou a mãe de Oscar.

— Mas toda a minha fortuna foi dada a meus filhos, que mais nada esperam de mim — continuou o velho —, eu dividi entre eles os dois milhões que tinha, pois quis vê-los felizes e com toda a minha fortuna ainda em vida. Reservei para mim apenas as rendas vitalícias e, na minha idade, somos apegados aos hábitos. Sabe que caminho é o melhor para este rapaz? — disse ele, chamando Oscar e segurando-o pelo braço. — Faça-o estudar Direito. Eu pagarei as inscrições e as taxas de tese; coloque-o para trabalhar com um procurador para que ele aprenda os processos burocráticos. Se ele se sair bem, se se distinguir, se gostar da profissão e se eu ainda for vivo, cada um de meus filhos lhe emprestará a quarta parte do valor necessário para conseguir um cargo e eu lhe emprestarei a caução. Até lá, a senhora apenas terá de alimentá-lo e vesti-lo; ele passará por algumas dificuldades, mas aprenderá como é a vida. Veja, eu saí de Lyon apenas com dois luíses duplos que minha avó me dera, vim a pé até Paris e aqui estou. O jejum é bom para a saúde. Meu rapaz, se tiver discrição, honradez e trabalhar, conseguirá vencer! É muito agradável ganhar sua fortuna e, quando conservamos os dentes, comemos à vontade na velhice, cantando, como eu, de vez em quando, *La Mère Godichon*! Lembre-se das minhas palavras: honradez, trabalho e discrição.

— Ouviu, Oscar? — disse a mãe. — Seu tio resumiu em três palavras tudo o que eu lhe falei, e você devia gravar a última delas em letras de fogo em sua memória.

— Ah! Já gravei — respondeu Oscar.

— Então, agradeça a seu tio. Não ouviu que ele vai cuidar do seu futuro? Você pode vir a ser procurador em Paris.

— Ele ignora a grandeza de seu destino — respondeu o idoso, ao ver o ar atônito de Oscar —, acabou de sair do colégio. Escute, não sou de muito falar — continuou o tio. — Lembre-se que, na sua idade, a honradez só se firma quando se resiste às tentações e, em uma grande cidade como Paris, elas estão em cada passo. More na casa de sua mãe, em uma água-furtada; vá direto para a escola, de lá vá para o escritório, trabalhe o dia inteiro, estude em casa; aos 22 anos você será segundo assistente, aos 24 será o primeiro; seja inteligente e seu futuro estará garantido. E, se por acaso, essa profissão não lhe agradar, poderá trabalhar com meu filho, o notário, e se tornar sucessor dele. Assim, trabalho, paciência, discrição, honradez, essas são as suas cartas.

— E Deus queira que o senhor viva ainda 30 anos, para ver seu quinto filho realizando tudo o que esperamos dele! — exclamou a senhora Clapart, tomando a mão do tio Cardot e apertando-a com um gesto digno de sua juventude.

— Vamos almoçar — respondeu o bom tio, pegando Oscar por uma orelha.

Durante o almoço, tio Cardot observou o sobrinho sem dar na vista e percebeu que ele não sabia de nada da vida.

— Mande-o me ver de quando em quando — disse ele à senhora Clapart ao se despedir e lhe mostrando Oscar —, eu o formarei.

Essa visita acalmou os temores da pobre mulher, que não esperava ter tanto sucesso. Durante 15 dias, ela saiu com Oscar para passearem, vigiou-o quase tiranicamente e assim chegou o fim do mês de outubro. Certa manhã, Oscar viu entrar o temivel administrador, que surpreendeu a pobre família da rua da Cerisaie almoçando uma salada de arenques e alface, com um copo de leite de sobremesa.

— Estamos instalados em Paris e não vivemos como em Presles — disse Moreau, que queria assim anunciar à senhora Clapart a mudança em suas relações por culpa de Oscar —, mas pouco ficarei aqui. Associei-me com o senhor Léger e o senhor Margueron de Beaumont. Nós vamos negociar propriedades e começamos comprando a terra de Persan. Sou o chefe dessa sociedade com um milhão de capital, pois obtive um empréstimo com meus bens como garantia. Quando encontro um negócio, o senhor Léger e eu o examinamos; meus sócios recebem um quarto dos lucros e eu recebo a metade, pois tenho todo o trabalho. Além disso, terei de viajar muito. Minha esposa vive em Paris, no subúrbio do Roule, muito modestamente. Quando tivermos feito alguns negócios, quando não arriscarmos mais do que os lucros, se estivermos contentes com Oscar, talvez possamos empregá-lo.

— Meu caro amigo, a catástrofe provocada pela leviandade de meu infeliz filho será sem dúvida a causa de uma brilhante fortuna para o senhor, pois, realmente, o senhor enterrava em Presles seus recursos e sua energia.

Depois, a senhora Clapart contou sua visita ao tio Cardot a fim de mostrar a Moreau que ela e seu filho poderiam não ser mais um peso para ele.

—Esse senhor tem razão — respondeu o ex-administrador —, é preciso manter Oscar nesse caminho com um braço de ferro, e ele certamente será notário ou procurador. Mas que ele não se afaste do caminho marcado. Ah! Eu posso ajudá-los. O trabalho de um negociante de propriedades é importante, e me falaram de um advogado que acaba de comprar um título nu, isto é, um escritório sem clientela. É um rapaz duro como uma barra de ferro, quase inflexível, um cavalo de imensa atividade; ele se chama Desroches. Vou lhe oferecer todos os nossos negócios, com a condição de ensinar Oscar; eu lhe proporei que o aceite por 900 francos, eu darei 300. Desse modo, seu filho vai lhe custar apenas 600 francos, e vou recomendá-lo ao senhor prior. Se o rapaz quer se tornar um homem, isso acontecerá desse modo, pois de lá ele sairá notário, advogado ou procurador.

—Vamos, Oscar, agradeça ao bom senhor Moreau. Você parece feito de pedra! Nem todos os jovens que fazem besteiras têm a felicidade de encontrar amigos que ainda se interessam por eles depois de terem sido prejudicados.

—A melhor maneira de fazer as pazes comigo — disse Moreau, apertando a mão de Oscar — é trabalhar com afinco e se comportar bem.

Dez dias depois, Oscar foi apresentado pelo ex-administrador ao senhor Desroches, procurador, recentemente estabelecido na rua de Béthisy, em um amplo apartamento ao fundo de um pátio estreito e com preço relativamente módico. Desroches, jovem de 26 anos, criado por um pai excessivamente severo, nascido em família pobre, passara pelas condições em que Oscar se encontrava;

portanto, ele se interessou, mas do mesmo modo que poderia se interessar por qualquer um, com a dureza aparente que o caracterizava. A aparência daquele jovem seco e magro, de pele morena, cabelos muito curtos, de pouco falar, olhar penetrante e vivacidade sombria, aterrorizou o pobre Oscar.

— Aqui, trabalhamos dia e noite — disse o procurador do fundo de sua poltrona e atrás de uma longa mesa em que os papéis estavam amontoados em pilhas que mais pareciam os Alpes. — Senhor Moreau, nós não o mataremos, mas ele terá de seguir nosso passo.

— Senhor Godeschal! — gritou.

Embora fosse domingo, o primeiro assistente apareceu, com a pena na mão.

— Senhor Godeschal, este é o aprendiz forense de quem falei e por quem o senhor Moreau interessa-se vivamente; ele jantará conosco e ocupará a pequena água-furtada ao lado de seu quarto. O senhor medirá o tempo necessário para ir daqui à escola de Direito e para voltar, de modo que não se percam nem cinco minutos. O senhor cuidará para que ele aprenda o Código e que se saia bem em suas aulas, isto é, quando ele terminar os trabalhos no escritório, o senhor lhe dará bons autores para ler; enfim, ele deve ficar sob sua direção imediata e eu cuidarei disso. Queremos fazer com ele o que o senhor fez por si mesmo, um primeiro assistente hábil, para o dia em que ele prestar seu juramento como advogado. Vá com Godeschal, meu pequeno amigo, ele vai lhe mostrar seu quarto e poderá se instalar. O senhor vê Godeschal? — continuou Desroches, dirigindo-se a Moreau. — É um jovem que, como eu, não tem nada; ele é irmão de Mariette, a famosa dançarina que está juntando o bastante para que ele se estabeleça dentro de 10 anos. Todos os meus funcionários são rapazes que só podem contar com seus 10 dedos para ganhar a vida. Assim, meus cinco funcionários e eu trabalhamos como se

148   UM COMEÇO DE VIDA

fôssemos 12! Em 10 anos, terei a melhor clientela de Paris. Aqui, nos apaixonamos pelos negócios e pelos clientes, e isso começa a ser conhecido. Contratei Godeschal do meu colega Derville, onde trabalhava há 15 dias como segundo assistente, mas foi nesse grande escritório que nos conhecemos. Comigo, Godeschal recebe mil francos, mais cama e mesa. É um rapaz de valor, ele é infatigável! Gosto muito desse rapaz! Ele soube viver com 600 francos, como eu, quando era funcionário. O que desejo, sobretudo, é uma honradez sem máculas; quem age assim na pobreza é realmente um homem. À menor falta desse tipo, um funcionário sairá do meu escritório.

— O rapaz está em uma boa escola — disse Moreau.

Durante dois anos completos, Oscar morou na rua de Béthisy, no antro dos chicanistas, pois se essa expressão antiquada pode ser aplicada a um escritório, esse era o de Desroches. Sob essa supervisão meticulosa e hábil, ele manteve seus horários e seus trabalhos com tal rigidez que sua vida em Paris se parecia com a de um monge.

Às cinco da manhã, qualquer que fosse o tempo, Godeschal acordava. Ele descia com Oscar para o escritório a fim de economizar o fogo no inverno e sempre encontrava o patrão de pé, trabalhando. Oscar fazia expedições para o escritório e preparava suas lições para a escola, mas ele as preparava em proporções enormes. Godeschal e, muitas vezes, o patrão indicavam a seu aluno quais autores consultar e as dificuldades a vencer. Oscar só deixava um título do Código depois de tê-lo aprofundado e satisfeito seu patrão e Godeschal, que o faziam passar por exames preparatórios mais sérios e longos que os da escola de Direito. Quando voltava das aulas, onde ficava pouco tempo, ele retomava seu lugar no escritório, trabalhava de novo, ia ao Palácio da Justiça algumas vezes e ficava sob a direção do terrível Godeschal até a hora do jantar. O jantar, igual ao do patrão, consistia em um grande prato de carne, um prato de legumes e uma salada. A sobremesa era um pedaço de queijo *Gruyère*. Depois do jantar, Godeschal e Oscar voltavam ao escritório e trabalhavam até a noite. Uma vez por mês, Oscar ia almoçar na casa de seu tio Cardot e passava os domingos na casa da mãe. De tempos em tempos, Moreau, quando vinha ao escritório para tratar de negócios, levava Oscar para jantar no Palais-Royal e o presenteava com algum espetáculo. Oscar tinha sido tão repreendido por Godeschal e por Desroches por causa de suas veleidades de elegância, que não pensava mais em suas vestimentas.

— Um bom funcionário — dissera-lhe Godeschal — deve ter dois casacos pretos: um novo e um velho; uma calça preta, meias pretas e sapatos. As botas custam caro demais. Só os procuradores usam botas. Um funcionário não deve gastar mais do que 700 francos. Usamos boas e grossas camisas de tecido forte. Ah! Quando se parte do zero para chegar à fortuna, é preciso saber se limitar ao necessário. Veja o senhor! Ele agiu como nós e veja onde chegou.

Godeschal ensinava pelo exemplo. Se recomendava os princípios mais estritos de honra, discrição, honestidade, ele os praticava sem alarde, como respirava e andava. Esse era o movimento natural de sua alma, como o andar e a respiração são o movimento dos órgãos. Dezoito meses depois da chegada de Oscar, o segundo assistente cometeu, pela segunda vez, um erro leve nas contas de seu pequeno caixa. Godeschal lhe disse, diante de todo o escritório:

— Meu caro Gaudet, vá embora daqui por sua própria vontade, para que não se diga que o patrão o despediu. Você é distraído ou inexato, e o mais leve desses defeitos não é permitido aqui. O patrão não saberá de nada. Isso é tudo que posso fazer por um camarada.

Aos 20 anos, Oscar se viu como terceiro funcionário do escritório do senhor Desroches. Se ainda não ganhava nada, ele era alimentado e alojado, pois fazia o trabalho de um segundo funcionário. Desroches empregava dois funcionários qualificados, e o segundo funcionário curvava-se sob o peso de seus trabalhos. No final do segundo ano de Direito, Oscar já era mais forte do que muitos licenciados, fazia com inteligência o trabalho no Palácio de Justiça e já pleiteava alguns casos. Enfim, Godeschal e Desroches estavam contentes com ele. Mas, embora tivesse se tornado quase comedido, ele deixava perceber uma tendência ao prazer e uma vontade de brilhar que eram reprimidas pela disciplina severa e pelo trabalho contínuo daquela vida. O negociante de propriedades, satisfeito com o progresso do funcionário, diminuiu seu rigor. Quando, em julho de 1825, Oscar foi aprovado nos últimos exames, Moreau lhe deu meios para se vestir com elegância. A senhora Clapart, feliz e orgulhosa por seu filho, preparou um belo enxoval para o futuro licenciado, o futuro segundo assistente. Nas famílias pobres, os presentes sempre são escolhidos entre coisas úteis. Depois das férias, em novembro, Oscar Husson passou a ocupar o quarto do segundo assistente, que ia substituir, tinha 800 francos de ordenado, cama e mesa. Assim, o tio Cardot, que secretamente buscou informações a respeito do sobrinho junto a Desroches, prometeu à senhora Clapart que colocaria Oscar em condições de adquirir um escritório, se continuasse nesse bom caminho.

Apesar da aparência tão sábia, Oscar Husson travava rudes combates em seu foro íntimo. Em alguns momentos, ele queria abandonar uma vida tão oposta a seus gostos e a seu caráter. Pensava que os trabalhadores forçados eram mais felizes do que ele. Ferido por aquele regime de ferro, ele tinha vontade de fugir quando se comparava nas ruas a jovens bem vestidos. Muitas vezes, sentindo-se loucamente atraído pelas mulheres, ele se resignava, mas caía em um desgosto profundo diante da vida. Sustentado pelo exemplo de Godeschal, ele mais era arrastado do que decidia por si mesmo permanecer em um caminho tão árduo. Godeschal, que observava Oscar, tinha por princípio não expor seu pupilo às seduções. Quase sempre, o funcionário estava sem dinheiro ou tinha tão pouco que não podia se permitir nenhum excesso. Nesse último ano, o bravo Godeschal fizera cinco ou seis passeios a lazer com Oscar, pagando as despesas, pois percebia que era preciso soltar um pouco a corda daquele cabrito amarrado. Essas escapadas, como dizia o severo primeiro assistente, ajudaram Oscar a suportar a vida, pois ele se divertia pouco na casa de seu tio Cardot e ainda menos na casa da mãe, que vivia ainda mais frugalmente do que Desroches. Moreau não podia, como Godeschal, se familiarizar com Oscar e, talvez, esse protetor sincero do jovem Husson se servisse de Godeschal para iniciar o pobre rapaz nos mistérios da vida. Oscar, que se tornara discreto, havia terminado por medir, no contato com os negócios, a extensão da falta que cometera durante sua viagem fatal no cabriolé, mas as fantasias reprimidas e a loucura da juventude ainda podiam arrastá-lo. No entanto, à medida que tomava conhecimento do mundo e de suas leis, sua razão se formava e, desde que Godeschal não o perdesse de vista, Moreau se orgulhava por ser um bom guia para o filho da senhora Clapart.

— Como vai ele? — perguntou o negociante de propriedades ao retornar de uma viagem que o havia mantido alguns meses distante de Paris.

— Sempre vaidoso demais — respondeu Godeschal. — O senhor lhe deu belos trajes e belas roupas de baixo, ele tem jabôs dignos de um corretor de câmbio, e esse belo rapaz vai, aos domingos, até as Tulherias, à procura de aventuras. O que esperava? Ele é jovem. Ele me atormenta para que o apresente à minha irmã, cuja casa é frequentada por pessoas famosas: atrizes, dançarinas, pessoas elegantes, pessoas que comem sua fortuna. Temo que ele não tenha vocação para ser procurador. No entanto, ele fala muito bem e poderia ser advogado e pleitear causas bem preparadas.

No mês de novembro de 1825, quando Oscar Husson tomou posse de seu cargo e se dispunha a defender tese para obter a licença, entrou para o escritório de Desroches um novo quarto funcionário a fim de suprir o vazio causado pela promoção de Oscar.

Esse quarto funcionário, chamado Frédéric Marest, destinava-se à magistratura e terminava o terceiro ano de direito. Era, segundo as informações obtidas pela investigação do escritório, um belo rapaz de 23 anos, enriquecido com cerca de 12 mil francos de renda pela morte de um tio celibatário, e filho de uma senhora Marest, viúva de um rico negociante de madeiras. O futuro juiz substituto, animado pelo louvável desejo de conhecer sua profissão em seus menores detalhes, entrou para o escritório de Desroches com a intenção de estudar o código de processo e de ser capaz de ocupar o cargo de primeiro assistente em dois anos. Ele pretendia fazer seu estágio de advogado em Paris, a fim de estar apto a exercer as funções do cargo que não seria recusado a um jovem rico. Ser, aos 30 anos, procurador do rei em um tribunal qualquer era toda a sua ambição. Embora esse Frédéric fosse primo de primeiro grau de Georges Marest, como o companheiro de viagem a Presles só havia dito seu nome a Moreau, o jovem Husson só o conhecia por Georges, e o nome de Frédéric Marest não podia lembrar-lhe nada.

— Senhores — disse Godeschal durante o almoço, dirigindo-se a todos os funcionários —, anuncio a chegada de um novo colega, e como ele é riquíssimo, nós o faremos pagar, espero, uma bela recepção.

— Em frente, para o livro! — disse Oscar, olhando para o aprendiz. — E fiquemos sérios.

O aprendiz subiu como um esquilo ao longo das estantes para pegar um registro colocado sobre a última prateleira de modo a acumular poeira.

— Está bem empoeirado — disse o aprendiz, mostrando um livro.

Expliquemos a brincadeira perpétua relativa a esse livro, então realizada na maioria dos escritórios. "Só existem almoços de funcionários, jantares de contratantes e ceias de senhores": esse velho ditado de século XVIII ainda é verdadeiro no que diz respeito ao ramo do direito, para qualquer um que tenha passado dois ou três anos de sua vida estudando o código de processos com um procurador, um notário ou um outro mestre. Na vida judicial, em que tanto se trabalha, dá-se valor ao prazer especialmente por ele ser raro, mas sobretudo, saboreia-se um engodo com delícia. É isso que, até certo ponto, explica a conduta de Georges Marest no carro de Pierrotin. O funcionário mais sério é sempre animado por uma necessidade de farsa ou zombaria. O instinto com que se aprende ou se desenvolve um engodo e uma zombaria, entre os funcionários, é maravilhoso de ver e só tem igual entre os pintores. O ateliê e o escritório são, nesse aspecto, superiores aos bastidores. Ao comprar um título nu, Desroches começou, de certo modo, uma nova dinastia. Essa fundação interrompia os costumes relativos à recepção. Assim, indo para um apartamento onde nunca papéis timbrados haviam sido rabiscados, Desroches o havia mobiliado com mesas novas, pastas brancas debruadas em azul, tudo completamente novo. Seu escritório foi montado com funcionários provenientes de escritórios diferentes, sem laços entre si e, por assim dizer, surpresos com sua reunião. Godeschal, que havia começado seus trabalhos na casa de Derville, não era um funcionário capaz de deixar que a preciosa tradição de boas-vindas fosse perdida. A recepção é um almoço que todo neófito deve aos veteranos do escritório para o qual entra. Ora, no momento em que o jovem Oscar chegou ao escritório, seis meses depois da instalação de Desroches, em uma noite de inverno em que o trabalho terminou mais cedo, no momento em que os funcionários se aqueciam antes de partir, Godeschal teve a ideia de confeccionar um suposto registro banqueteiro-forense, extremamente antigo, salvo do furor da Revolução, vindo do procurador ao senhor Bordin, predecessor imediato de Sauvagnest, o procurador de quem Desroches obtivera seu cargo. Começaram procurando no estabelecimento de um negociante de papéis velhos alguns registros de documentos marcados como sendo do século XVIII, encadernados em pergaminho no qual se leria um acórdão do grande conselho. Depois de encontrar esse livro, arrastaram-no na poeira, no fogão, na chaminé, na cozinha; deixaram-no no local que os funcionários chamavam de "câmara de deliberações" e conseguiram um mofo que faria inveja aos antiquários, marcas de antiguidade, cantos roídos que davam a entender que ratos haviam passado por ali. A lombada foi estragada com uma perfeição surpreendente. Depois de o livro estar em semelhante estado, nele foram incluídas algumas citações que demonstram a todos o uso que o escritório de Desroches daria a esse registro, cujas 60 primeiras páginas estavam cobertas por atas falsas. Na primeira página, lia-se:

"Em nome do Pae, do Filho e do Sancto Espírito. Amém. N'este dia do Senhor, em que se commemora a festa de Nossa Senhora Sancta Genoveva, padroeira de Paris, sob cuja invocação se collocam, desde o anno do Senhor de 1525, os funcionários d'este escriptório, nós, abaixo-assignados, funcionários e apprendizes do escriptório do Sr. Jérosme-Sébastien Bordin, successor do fallecido Guerbet, que em vida procurador foi no Chastelet, reconhecemos a necessidade de que se substitua o registro e os archivos de installação de funcionários deste glorioso escriptório, distinto membro do reino forense, cujo registro encontra-se appinhado em decorrência dos actos de nossos prezados e estimados predecessores, e sollicitamos ao Guardião dos Archivos do Palácio da Justiça que o addicionasse aos dos outros escriptórios, e rumamos todos à sancta missa n'a paróchia de Saint-Severin, com o propósito de abençoar a solemnidade de inauguração e nosso novo registro.

Em fé do acima exposto, todos assignamos: Malin, primeiro assistente; Grevin, segundo assistente; Athanase Feret, escrevente; Jacques Huet, escrevente; Regnauld de Saint-Jean-d'Angély, escrevente; Bedeau, apprendiz e menino de reccados. Anno 1787 de Nosso Senhor.

Após ouvir à Sancta Missa, nós nos deslocamos até Courtille, e, dividindo as despesas, degustamos de lauto desjejum que não findou senão às sete horas da manhã."

Estava muito bem escrito. Um especialista teria jurado que essa escrita pertencia ao século XVIII. Vinte e sete atas de recepções seguiam-se, e a última referia-se ao ano fatal de 1792. Depois de uma lacuna de 14 anos, o registro recomeçava, em 1806, com a nomeação de Bordin como procurador junto ao tribunal de primeira instância do Sena. Este é o registro que assinalava a reconstituição do reino forense e de outros lugares:

"Deus, em Sua clemência, não obstante as terríveis tempestades que se abateram sobre as terras de França, que n'um grande império se tornara, quis que os preciosos archivos do ilustre escriptório do Sr. Bordin se houvessem conservado incólumes; e nós, abaixo-assignados funcionários do mui digno e mui virtuoso Sr. Bordin, não vacillamos em attribuir tão miraculosa conservação, quando tantos títulos, missivas e privilégios foram perdidos, à protecção de Sancta Genoveva, padroeira d'este escriptório, e também ao culto que o último dos procuradores de boa estirpe demonstrou por tudo que diz respeito aos usos e costumes d'outrora. Afflictos em nossa incerteza de saber qual parte coube a Sancta Genoveva e qual coube ao Sr. Bordin n'esse milagre, decidimos juntos rumar a Saint-Etienne-du-Mont, para alli ouvirmos uma missa que se rezará no altar d'aquela sancta pastora que nos remette tantas ovelhas a tosquiar, e offerecemos hum almoço a nosso patrão, na expectativa de que arque elle com as despesas.

Assignam: Oignard, primeiro assistente; Poidevin, segundo assistente; Proust, escrevente; Brignolet, escrevente; Derville, escrevente; Augustin Coret, apprendiz.

N'o escriptório, aos 10 de novembro de 1806."

"Às três horas da tarde, n'o dia subsequente, os funcionários abaixo-assignados affirmam sua gratidão para com seu excellente patrão, que os aggraciou na casa do Sr. Rolland, proprietário de restaurante, à rua do Hasard, com vinhos delliciosos de três regiões, Bordeaux, Champagne e Bourgogne, e com iguarias especialmente ellaboradas, desde as quatro horas da tarde até as sete horas e meia da noite. Offereceram-se café, sorvetes e licores em profusão. Não obstante, a presença do patrão não permitiu que se entoassem louvores em cadências ecclesiásticas. Nenhum dos funcionários exhorbitou os limites de huma allegria amigável, pois o mui digno, respeitável e tão generoso patrão promettera levar seus funcionários para que assistissem ao actor Talma na peça *Britannicus*, no Théâtre-Français. Longa vida ao Sr. Bordin!... Que Deus outorgue Seus favores sobre sua venerável figura! Que possa elle bem vender um tão glorioso escriptório! Que os ricos clientes accorram conforme seus desejos! Que suas custas e emmolumentos lhes sejam pagos sem tardar! Que nossos futuros patrões possam mirar-se em seu exemplo! Seja elle sempre amado por seus funcionários, inda quando não mais esteja entre nós!"

Seguiam-se 33 atas de recepções de funcionários que se distinguiam pelas escritas e tintas diversas, pelas frases, pelas assinaturas e pelos elogios da boa comida e dos vinhos que pareciam provar que a ata era redigida e assinada no ato, *inter pocula*.

Por fim, com data do mês de junho de 1822, época da prestação do juramento de Desroches, encontrava-se esta anotação:

"Eu, abaixo-assinado, François-Claude-Marie Godeschal, chamado pelo senhor Desroches para cumprir as difíceis funções de primeiro assistente em um escritório cuja clientela ainda deve ser criada, tendo sabido pelo senhor Derville, de cuja casa venho, da existência dos famosos arquivos banqueteiros-forenses, que são famosos no Palácio da Justiça, pedi a nosso gracioso patrão que os solicitasse a seu predecessor, pois era importante recuperar esse documento datado de 1786, que se liga a outros arquivos depositados no Palácio da Justiça, cuja existência nos foi atestada pelos senhores Terrasse e Duclos, arquivistas, e com cuja ajuda chegamos até o ano de 1525, encontrando indicações históricas extremamente valiosas sobre os costumes e a cozinha dos trabalhadores forenses.

Essa solicitação foi atendida, e o escritório tomou posse hoje desses testemunhos do culto que nossos predecessores constantemente deram à garrafa e à boa mesa.

Em consequência, para edificação de nossos sucessores e para refazer a cadeia dos tempos e das canecas, convidei os senhores Doublet, segundo funcionário; Vassal, terceiro funcionário; Hérisson e Grandemain, funcionários, e Dumets, aprendiz de funcionário, para almoçar no próximo domingo, no Cheval-Rouge, no cais Saint-Bernard, onde celebraremos a conquista desse livro que contém o registro de nossas celebrações.

Neste domingo, 27 de junho, foram bebidas 12 garrafas de diferentes vinhos deliciosos. Foram consumidos dois melões, pastas *au jus romanum*, um filé de carne de vaca, um pão de champignons. A senhorita Mariette, ilustre irmã do primeiro assistente e primeira dama da Academia real de música e dança, colocou à disposição do escritório lugares na primeira fila para a apresentação desta noite, e fica aqui registrado seu ato de generosidade. Além disso, combinou-se que os funcionários irão em conjunto até a casa dessa nobre senhorita para agradecê-la e lhe declarar que, caso seja alvo de algum processo, ela pagará apenas as despesas, conforme aqui registrado.

Godeschal foi proclamado como um exemplo para os trabalhadores forenses e, sobretudo, um bom filho. Que o homem que tão bem trata aos demais possa em breve tratar de um escritório!"

Havia manchas de vinho, de comida e rubricas que pareciam fogos de artifício. Para compreender o tom de verdade que souberam imprimir a esse registro, basta relatar a ata da suposta recepção de Oscar.

"Hoje, segunda-feira, 25 de novembro de 1822, depois de uma sessão realizada ontem na rua da Cerisaie, bairro do Arsenal, na casa da

158   UM COMEÇO DE VIDA

senhora Clapart, mãe do aspirante forense Oscar Husson, nós, abaixo-assinados, declaramos que o banquete de recepção ultrapassou nossa expectativa. Nele havia rabanetes negros e rosados, pepinos, anchovas, manteiga e azeitonas como *hors-d'œuvre*; uma suculenta sopa de arroz que testemunha a solicitude materna, pois nela reconhecemos o sabor delicioso de ave; e, conforme informado pelo aspirante, soubemos que pelo cuidado da senhora Clapart, os miúdos usados em um belo assado, foram judiciosamente incluídos no caldo feito em casa, com os cuidados que só são tomados nos lares.

Item, o assado cercado por um mar de gelatina, feito pela mãe do supracitado.

Item, uma língua de boi com tomates que não nos deixou autômatos.

Item, um ensopado de pombos com um sabor que fazia crer que anjos o haviam supervisionado.

Item, uma terrina de macarrão colocada diante de potes de creme de chocolate.

Item, uma sobremesa composta por onze delicados pratos, dentre os quais, apesar do estado de embriaguez provocado por 16 garrafas de um vinho delicioso, destacamos uma compota de pêssegos de delicadeza augusta e inimaginável.

Os vinhos de Roussillon e os das margens do Ródano suplantaram completamente os de Champagne e de Bourgogne. Uma garrafa de marasquino e uma de *kirsch*, apesar do café delicioso, acabaram de nos mergulhar em tal êxtase enólico que um de nós, o senhor Hérisson, viu-se no Bois de Boulogne acreditando ainda estar no Boulevard du Temple, e Jacquinaut, o aprendiz, com apenas 14 anos, dirigiu-se a senhoras respeitáveis de 57 anos, tomando-as por mulheres de vida fácil. Ata lavrada.

Nos estatutos de nossa ordem, uma lei severamente observada é a de deixar que os aspirantes aos privilégios do foro meçam as magnificências de sua recepção segundo sua fortuna, pois é notoriamente público que ninguém se entrega a Têmis com rendas próprias, e que todo escrevente é frugalmente sustentado por seus pais. Assim, constatamos com os maiores elogios a conduta da senhora Clapart, viúva das primeiras núpcias com o senhor Husson, pai do aspirante, e dizemos que ele é digno dos brindes que lhe foram erguidos durante a sobremesa. Todos assinamos."

Três funcionários já haviam caído nessa armadilha, e três recepções verdadeiras constavam nesse registro imponente.

No dia da chegada de cada neófito ao escritório, o aprendiz colocava em seu lugar, em cima de sua estante, os arquivos banqueteiros-forenses, e os funcionários desfrutavam o espetáculo apresentado pela fisionomia do recém-chegado enquanto estudava essas páginas burlescas. *Inter pocula*, cada recém-chegado ficava sabendo o segredo dessa farsa forense, e essa revelação lhes inspirava, como seria de se esperar, o desejo de enganar os futuros funcionários.

Podemos assim imaginar a expressão dos quatro funcionários e do aprendiz quando Oscar, chegada sua vez de iludir, exclamou:

— Peguem o livro!

Dez minutos depois dessa exclamação, um belo jovem, de boa estatura e feições agradáveis, apresentou-se, perguntou pelo senhor Desroches e, sem hesitação, deu seu nome a Godeschal.

— Sou Frédéric Marest — disse ele — e vim para ocupar aqui o cargo de terceiro assistente.

— Senhor Husson — disse Godeschal a Oscar—, indique o lugar a este senhor e coloque-o a par dos hábitos de nosso trabalho.

No dia seguinte, o funcionário encontrou o livro atravessado sobre sua estante, mas, depois de ter examinado as primeiras páginas, começou a rir, não convidou os demais funcionários do escritório e o recolocou à sua frente.

— Senhores — disse ele no momento de ir embora, cerca das cinco horas —, tenho um primo que é primeiro assistente junto ao senhor Léopold Hannequin e o consultarei a respeito do que devo fazer para a minha recepção.

— Isso vai mal — exclamou Godeschal —, esse futuro magistrado não parece ser um novato!

— Nós o atormentaremos — disse Oscar.

No dia seguinte, às duas horas, Oscar viu entrar e reconheceu Georges Marest, na pessoa do primeiro assistente do senhor Hannequin.

— Ah! Eis aqui o amigo de Ali-Paxá — exclamou com ar desenvolto.

— Vejam! Está aqui, senhor embaixador? — respondeu Georges, lembrando-se de Oscar.

— Então, vocês se conhecem? — perguntou Godeschal a Georges.

— Com certeza, fizemos tolices juntos — disse Georges — há mais de dois anos. Sim, saí da casa de Crottat para entrar para o escritório de Hannequin, exatamente por causa dessa questão.

— Qual questão? — perguntou Godeschal.

— Ah! Nada — respondeu Georges a um sinal de Oscar. — Quisemos enganar a um par de França, e foi ele que se divertiu conosco. E agora, vocês querem iludir o meu primo, com uma cenoura.

— Não lançamos mão de cenouras — disse Oscar com dignidade —, eis aqui a prova.

E apresentou o famoso registro, abrindo-o em uma página em que se encontrava uma sentença de exclusão proferida contra um aspirante que resistira e que, por sovinice, havia sido forçado a deixar o escritório em 1788.

— Estou certo de que é uma cenoura, pois posso ver suas raízes — respondeu Georges, fazendo um gesto em direção aos arquivos falsos. — Mas meu primo e eu somos ricos e lhes ofereceremos uma festa como nunca tiveram e que estimulará sua imaginação para lavrar uma ata. Amanhã, domingo, nos encontraremos no Rocher de Cancale, às duas horas. Depois, eu os levarei para uma noitada na casa da senhora marquesa de las Florentinas y Cabirolos, onde jogaremos e onde encontrarão a elite das mulheres da moda. Assim, senhores da primeira instância — continuou ele, em tom eloquente —, mantenham a compostura e saibam suportar o vinho como os senhores da Regência.

— Viva! — exclamaram todos em uma só voz. — Bravo! *Very well!* Viva! Vivam os Marest!

— Ótimo! — exclamou o aprendiz.

— O que está havendo? — perguntou o patrão, saindo de seu gabinete. — Ah! É você, Georges? — disse ele ao primeiro assistente — Entendo, você veio tentar os meus funcionários — com isso, ele voltou a seu gabinete e chamou Oscar. — Veja, aqui estão 500 francos — disse ele, abrindo o cofre. — Vá até o Palácio de Justiça e retire do cartório de expedições os papéis da sentença de Vandenesse contra Vandenesse. É preciso notificá-lo hoje mesmo, se for possível. Prometi uma gorjeta de 20 francos a Simon. Espere pelos papéis da sentença se ainda não estiverem prontos. Não se deixe enganar, pois Derville é capaz, no interesse de seu cliente, de nos bloquear o quanto puder. O conde Félix de Vandenesse é mais poderoso que seu irmão, o embaixador, que é o nosso cliente. Assim, fique de olhos abertos e, à menor dificuldade, venha falar comigo.

Oscar partiu com a intenção de se distinguir nessa pequena escaramuça, o primeiro caso de que era encarregado depois de sua promoção.

Depois da partida de Georges e de Oscar, Godeschal tentou descobrir com seu novo funcionário qual a brincadeira oculta, a seu ver, nessa marquesa de Las Florentinas y Cabirolos, mas Frédéric, com sangue-frio e seriedade dignos de um procurador-geral, continuou a manter a história do primo e, com seu modo de responder e suas maneiras, conseguiu convencer todos no escritório de que a marquesa de Las Florentinas era a viúva de um grande da Espanha a quem seu primo fazia a corte. Nascida no México e filha de um mexicano, essa jovem e rica viúva se distinguia pela licenciosidade das mulheres nascidas nesses climas.

— Ela gosta de rir, de beber e de cantar, como nós! — disse ele em voz baixa, citando a famosa canção de Béranger. — Georges — continuou ele — é muito rico; herdou de seu pai, que era viúvo e que lhe deixou 18 mil francos de renda e, com os 12 mil francos que nosso tio acabou de deixar para cada um de nós, ele tem 30 mil francos por ano. Além disso, ele pagou suas dívidas e vai deixar o notário. Ele espera vir a ser marquês de Las Florentinas, pois a jovem viúva é marquesa por si mesma e tem o direito de dar seus títulos a seu marido.

Mesmo que os funcionários tenham ficado extremamente intrigados com relação à marquesa, a dupla perspectiva de um almoço no Rocher-de-Cancale e dessa noite elegante deixou-os muito felizes. Todos guardavam reservas relativas à espanhola, mas decidiram julgá-la apenas depois de estarem diante dela.

A marquesa de Las Florentinas y Cabirolos era simplesmente a senhorita Agathe-Florentine Cabirolle, primeira dançarina do teatro da Gaîté, na casa de quem o tio Cardot cantava *La Mère Godichon*. Um ano depois da perda muito reparável da falecida senhora Cardot, o feliz negociante encontrou Florentine ao sair da aula de Coulon. Iluminado pela beleza dessa flor coreográfica (na época, Florentine tinha apenas 13 anos), o negociante aposentado seguiu-a até a rua Pastourelle onde teve o prazer de saber que o futuro ornamento do balé devia sua vida a uma simples porteira. Quinze dias depois, a mãe e a filha estavam instaladas na rua de Crussol e aí viviam de forma modesta e confortável. Foi assim, graças a esse protetor das artes, segundo a expressão consagrada, que o teatro conheceu esse jovem talento. Esse generoso mecenas deixou as duas mulheres quase loucas de alegria ao lhes dar um mobiliário de acaju, cortinas, tapetes e uma cozinha completa; ele lhes permitiu contratar uma empregada e lhes deu 250 francos por mês. O senhor Cardot, enfeitado com suas asas de pombo, lhes pareceu ser um anjo e foi tratado como deve ser um benfeitor. Essa foi a idade de ouro para a paixão do ancião.

Durante três anos, o cantor de *La Mère Godichon* manteve a senhorita Cabirolle e sua mãe nesse pequeno apartamento, a dois passos do teatro; depois, por amor à coreografia, contratou Vestris como professor de sua protegida. Assim, ele teve, por volta de 1820, a felicidade de ver Florentine dar seus primeiros passos no balé em um melodrama intitulado *As ruínas da Babilônia*. Florentine tinha então 16 anos. Algum tempo depois dessa estreia, o senhor Cardot já se tornara um velho sovina para sua protegida, mas teve a delicadeza de compreender que uma dançarina do teatro da Gaîté tinha um certo padrão a manter e, assim, aumentou sua ajuda mensal para 500 francos por mês; se não voltou a ser um anjo, foi considerado um amigo para toda a vida, um segundo pai. Essa foi a idade de prata para o ancião.

De 1820 a 1823, Florentine adquiriu a experiência que devem ter todas as dançarinas de 19 a 20 anos. Suas amigas foram as ilustres Mariette e Tullia, duas primeiras damas da ópera; Florine e, depois, a pobre Coralie, tão cedo roubada às artes, ao amor e a Camusot. Como o senhor Cardot havia, por sua vez, adquirido mais cinco anos, ele havia caído na indulgência dessa semipaternidade que os anciãos concebem para os jovens talentos que educaram e cujo sucesso é também seu. Além disso, onde e como um homem de 68 anos poderia refazer uma ligação semelhante, encontrar alguém como Florentine, que tão bem conhecia seus hábitos e em cuja casa ele podia cantar com seus amigos *La Mère Godichon?* O senhor Cardot encontrou-se assim sob um jugo semiconjugal de força irresistível. Essa foi sua idade do bronze.

Durante os cinco anos da idade do ouro e da idade da prata, Cardot economizou 90 mil francos. Esse senhor experiente havia previsto que, quando chegasse aos 70 anos, Florentine seria maior de idade; talvez ela estreasse na ópera e sem dúvida desejaria um luxo digno de uma primeira dama. Alguns dias antes da referida noite, o senhor Cardot havia gasto 45 mil francos a fim de dar um certo nível a sua Florentine, para quem ele havia alugado o antigo apartamento em que a falecida Coralie fizera a felicidade de Camusot. Em Paris, os apartamentos e as casas, como também as ruas, têm predestinações. Enriquecida com uma magnífica prataria, a primeira dama do teatro da Gaîté dava belos jantares, gastava 300 francos por mês em roupas, só saía de carro alugado, tinha camareira, cozinheira e um pequeno criado. Enfim, ambicionava-se uma ordem de estreia na ópera. O Casulo de Ouro fez então uma homenagem a seu antigo chefe, enviando seus produtos mais esplêndidos para agradar à senhorita Cabirolle, cujo primeiro nome era Florentine, do mesmo modo que, três anos antes, havia presenteado a Coralie, sempre sem que a filha do senhor Cardot desconfiasse, pois o pai e o genro se entendiam às mil maravilhas para guardar o decoro no seio da família. A senhora Camusot nada sabia das dissipações de seu marido nem dos caprichos do pai. Assim, a magnifiência ostentada na rua de Vendôme, na casa da senhorita Florentine teria satisfeito os mais ambiciosos. Depois de ter sido o senhor durante sete anos, Cardot sentia-se arrastado por um rebocador com uma potência ilimitada de caprichos. Mas o infeliz ancião amava! Florentine devia fechar-lhe os olhos; ele pretendia deixar-lhe um legado de 100 mil francos. A idade do ferro havia começado!

Georges Marest, com 30 mil francos de renda, um belo rapaz, cortejava Florentine. Todas as dançarinas têm a pretensão de amar como as amam seus protetores, de ter um jovem que as leve a passear e as convide a loucas festas no campo. Embora desinteressada, a fantasia de uma primeira dama é sempre a de uma paixão que custe bagatelas ao feliz mortal escolhido. São jantares em restaurantes, camarotes em teatros, carros para passear pelos arredores de Paris, vinhos excelentes consumidos em profusão, pois as dançarinas vivem como antes viviam os atletas. Georges divertia-se como se divertem os jovens que passam da disciplina paterna à independência, e a morte de seu tio, quase dobrando sua fortuna, mudara suas idéias. Enquanto tinha apenas 18 mil francos de renda deixados pelos pais, sua intenção era de se tornar notário; mas, como havia dito seu primo aos funcionários de Desroches, era preciso ser burro para abrir um escritório com a fortuna que se conseguiria quando chegasse a hora de deixá-lo. Assim, o primeiro assistente celebrava seu primeiro dia de liberdade com esse almoço que servia, ao mesmo tempo, para pagar a recepção de seu primo. Mais sábio do que Georges, Frédéric persistia na ideia de seguir carreira no ministério público. Sendo um belo jovem, com corpo bem feito e tão inteligente, Georges bem podia casar-se com uma rica mexicana, enquanto o marquês de Las Florentinas y Cabirolos pudera, em sua época, no dizer de Frédéric a seus futuros colegas, tomar como esposa uma bela jovem do povo em vez de uma moça nobre. Os funcionários do escritório de Desroches, todos vindos de famílias pobres, nunca haviam frequentado a alta sociedade e puseram todos suas melhores roupas, impacientes por ver a marquesa mexicana de Las Florentinas y Cabirolos.

— Que felicidade a minha — disse Oscar a Godeschal, ao se levantarem de manhã — por ter encomendado um casaco, uma calça e um colete novos, acompanhados por botas, e que minha querida mãe me tenha feito um novo enxoval para minha promoção ao cargo de segundo funcionário! Tenho seis camisas com jabô e de bom tecido, além das 12 que ela me deu. Vamos nos exibir! Ah! Se um de nós pudesse roubar a marquesa desse Georges Marest.

—Bela ocupação para um funcionário do escritório de Desroches! — exclamou Godeschal. — Será que nunca vai se livrar dessa vaidade, rapaz?

— Ah, senhor Godeschal — disse a senhora Clapart, que trazia gravatas para o filho e ouvira as palavras do primeiro assistente —, queira Deus que meu Oscar siga os seus bons conselhos. É o que lhe digo sem cessar: "Imite o senhor Godeschal, escute os conselhos dele!".

—Ele não vai mal, senhora — respondeu o primeiro assistente —, mas é preciso que não cometa muitos enganos, como o ocorrido ontem, para não perder a estima do patrão. O patrão não admite que não se saiba ter sucesso. Como um primeiro caso, ele deu a seu filho a incumbência de apressar a expedição de uma sentença em um caso de sucessão no qual dois grandes senhores, dois irmãos, pleiteiam um contra o outro, e Oscar se deixou enganar. O patrão ficou furioso. Foi com grande esforço que pude consertar esse erro, indo até lá esta manhã, às seis horas, e procurando o auxiliar do tribunal, com quem consegui que a sentença fosse entregue amanhã, às sete e meia.

— Ah, Godeschal! — exclamou Oscar, aproximando-se do primeiro assistente e apertando-lhe a mão. — Você é um verdadeiro amigo.

— Ah! Senhor Godeschal — disse a senhora Clapart —, uma mãe fica bem feliz de saber que seu filho tem um amigo como o senhor, e pode contar com um reconhecimento que só terminará quando eu morrer. Oscar, desconfie desse Georges Marest. Ele já lhe causou sua primeira infelicidade na vida.

— O que aconteceu? — perguntou Godeschal.

A mãe, excessivamente confiante, explicou resumidamente ao primeiro assistente o que acontecera a seu pobre Oscar no carro de Pierrotin.

— Tenho certeza — disse Godeschal — de que esse patife nos preparou alguma armadilha para hoje à noite. Eu não irei à casa da marquesa de Las Florentinas, pois minha irmã precisa de mim para as cláusulas de um novo contrato. Assim, eu os deixarei depois da sobremesa, mas Oscar, fique atento. Provavelmente, irão nos propor algum jogo, e é preciso que o escritório de Desroches não recuse. Veja, você jogará por nós dois. Aqui tem 100 francos — disse o bom rapaz, dando essa quantia a Oscar, cujo bolso ficaria vazio depois de pagar o sapateiro e o alfaiate. — Seja cauteloso, nem pense em jogar além de nossos 100 francos. Não se deixe levar nem pelo jogo, nem pela bebida. Caramba! Um segundo funcionário já é ponderado; ele não deve jogar sobre sua palavra, nem ultrapassar um certo limite em todas as coisas. Desde o momento em que se chega a segundo funcionário, é preciso sonhar com a profissão de procurador. Assim, não beber demais, não jogar demais, manter uma atitude conveniente: essas devem ser suas regras de conduta. Sobretudo, não esqueça de estar de volta à meia-noite, pois amanhã de manhã você deve estar no Palácio da Justiça às sete horas para pegar a sua sentença. A diversão não é proibida, mas os negócios vêm antes de tudo.

— Está ouvindo, Oscar? — disse a senhora Clapart. — Veja bem como o senhor Godeschal é compreensivo e como ele sabe conciliar os prazeres da juventude e as obrigações de seu cargo.

A senhora Clapart, vendo chegar o alfaiate e o sapateiro que perguntaram por Oscar, ficou um momento a sós com o primeiro assistente para lhe restituir os 100 francos que ele acabava de dar a Oscar.

— Ah! Senhor! — disse-lhe ela. — As bênçãos de uma mãe vão segui-lo por toda parte e em todas os seus empreendimentos.

A mãe teve, então, a alegria suprema de ver seu filho bem vestido. Ela lhe trazia também um relógio de ouro, comprado com suas economias, para recompensar seu comportamento.

— Você vai participar do sorteio daqui a oito dias — disse-lhe ela — e, como era preciso pensar na possibilidade de você tirar um número ruim, fui falar com seu tio Cardot, que está muito contente com você. Orgulhoso por saber que você é um segundo funcionário aos 20 anos e com o seu sucesso no exame da escola de direito, ele prometeu o dinheiro necessário para comprar um substituto. Não sente um certo contentamento ao ver como uma boa conduta é recompensada? Ao passar por privações, lembre-se da felicidade de poder, daqui a cinco anos, comprar um escritório. Enfim, pense, meu querido filho, como você deixa feliz a sua mãe.

O rosto de Oscar, um pouco emagrecido devido ao estudo, havia assumido uma fisionomia na qual o hábito dos negócios imprimia uma expressão séria. Seu crescimento estava completo, e a barba havia nascido. A adolescência dera lugar à virilidade. A mãe não podia deixar de admirar o filho e o beijou ternamente, dizendo:

— Divirta-se, mas não se esqueça dos conselhos do senhor Godeschal. Ah! Quase me esqueci! Aqui tem um presente de nosso amigo Moreau, uma bela carteira.

— Preciso mesmo dela, pois o patrão me deu 500 francos para retirar essa maldita sentença de Vandenesse contra Vandenesse, e não quero deixar essa quantia no meu quarto.

— Vai levar esse dinheiro com você? — perguntou a mãe assustada. — E se perdesse uma quantia tão elevada! Não seria melhor confiá-la ao senhor Godeschal?

— Godeschal? — chamou Oscar, que achara excelente a ideia de sua mãe.

Godeschal, que trabalhava das dez às duas aos domingos, como todos os funcionários, já tinha ido embora.

Quando a mãe saiu, Oscar foi passear pelos bulevares enquanto esperava a hora do almoço. Como não se pavonear, vestido com aquela bela roupa que ele usava com um orgulho e um prazer do qual se lembrarão todos os jovens que se encontraram em dificuldades financeiras no início da vida? Um belo colete de caxemira transpassado e com fundo azul, calças de casimira preta, com pregas, um casaco preto bem feito e uma bengala com castão de prata, comprada com suas economias, provocavam uma alegria bastante natural nesse pobre rapaz, que pensava na maneira em que estava vestido no dia da viagem a Presles e se lembrava do efeito que Georges havia lhe causado. Oscar esperava ter um dia delicioso e, à noite, veria pela primeira vez a alta sociedade! Era previsível que um funcionário que leva uma vida sem prazeres e que, depois de tanto tempo, desejava um pouco de diversão pudesse se esquecer das sábias recomendações de Godeschal e de sua mãe, distraído pelos sentidos desenfreados. Para vergonha da juventude, nunca faltam conselhos e avisos. Além das recomendações que ouvira de manhã, Oscar sentia um movimento de aversão diante de Georges, ele se sentia humilhado diante da testemunha da cena do salão de Presles, quando Moreau o havia lançado aos pés do conde de Sérisy. A Ordem moral tem leis implacáveis, e quem as desconhece é sempre punido. Existe uma à qual até mesmo os animais obedecem sempre e sem discussão. É aquela lei que nos leva a fugir de qualquer pessoa que nos tenha prejudicado uma vez, com ou sem intenção, voluntária ou involuntariamente. A criatura que nos trouxe danos ou desprazer sempre nos será funesta. Qualquer que seja sua posição, qualquer que seja o grau de afeição que nos ligue a ela, é preciso romper com ela que sempre nos é enviada por um gênio mau. Embora o sentimento cristão se oponha a essa conduta, a obediência a essa lei terrível é essencialmente social e conservadora. A filha de Jaime II, que se sentou no trono do pai, deve tê-lo magoado mais de uma vez antes da usurpação. Judas certamente havia dado algum outro golpe em Jesus antes de traí-lo. Existe em nós uma visão interior, o olho da alma, que pressente as catástrofes, e a repugnância que sentimos por esse ser fatal resulta dessa previsão; se a religião nos ordena superar essa repugnância, resta-nos a desconfiança cuja voz deve ser incessantemente ouvida. Aos 20 anos, como Oscar poderia ter tanta sabedoria? Assim, quando às duas e meia, Oscar entrou no salão do Rocher de Cancale, no qual se encontravam três convidados além dos funcionários — um velho capitão dos dragões, chamado Giroudeau; Finot, um jornalista que poderia ajudar Florentine a estrear na ópera; du Bruel, um escritor, amigo de Tullia, uma das rivais de Mariette na ópera —, o segundo funcionário sentiu que sua hostilidade secreta desaparecia depois dos primeiros apertos de mão, na primeira animação da conversa entre jovens, diante de uma mesa de 12 talheres, muitíssimo bem servida. Além disso, Georges foi encantador com Oscar.

— Você segue — disse-lhe ele — a diplomacia privada, pois qual é a diferença entre um embaixador e um procurador? Apenas aquela que separa uma nação de um indivíduo. Os embaixadores são os procuradores dos povos! Se eu puder lhe ser útil, venha me procurar.

— Francamente — disse Oscar —, hoje posso lhe contar que você me causou uma grande infelicidade.

— Não — disse Georges, depois de ter ouvido o relato das atribulações do funcionário —, o conde de Sérisy foi quem se comportou mal. A mulher dele? Eu não a quereria. E, embora o conde seja ministro de Estado e par de França, eu não gostaria de estar no lugar dele, com aquela pele vermelha. É um espírito pequeno, e eu zombo dele agora.

Oscar ouviu com um prazer verdadeiro as zombarias de Georges em relação ao conde de Sérisy, pois, de algum modo, elas diminuíam a gravidade de seus erros; e ele se divertiu com os sentimentos odiosos do ex-assistente do notário, que se divertia a prever para a nobreza as desgraças que a burguesia lhe desejava e que viriam a se realizar em 1830. Às três e meia, começaram a oficiar. A sobremesa só apareceu às oito horas, pois cada serviço havia exigido duas horas. Apenas os funcionários conseguem comer assim! Os estômagos dos jovens de 18 a 20 anos são fatos inexplicáveis para a medicina. Os vinhos foram dignos de Borrel, que nessa época substituíra o ilustre Balaine, criador do primeiro dos restaurantes parisienses, ou seja, do mundo inteiro, pela delicadeza e perfeição de sua cozinha.

A ata desse festim de Baltazar foi redigida durante a sobremesa e começava assim: *"Inter pocula aurea restauranti, qui vulgo dicitur Rupes Cancali"*. Depois desse início, bem se pode imaginar a bela página que foi lavrada no livro de ouro dos almoços forenses.

Godeschal desapareceu depois de ter assinado, deixando os 11 convidados, estimulados pelo antigo capitão da guarda imperial, em meio a vinhos, brindes e licores acompanhados de uma sobremesa cujas pirâmides de frutas e guloseimas assemelhavam-se aos obeliscos de Tebas. Às dez e meia, o aprendiz do escritório estava em um estado que não permitia que permanecesse ali. Georges colocou-o em um carro de aluguel, dando o endereço da mãe do aprendiz e pagando a corrida. Os dez convidados, todos bêbados como Pitt e Dundas, falaram então em ir a pé pelos bulevares, pois o tempo estava bom, até a marquesa de Las Florentinas y Cabirolos, onde, por volta da meia-noite, deveriam encontrar a mais brilhante sociedade. Todos desejavam respirar o ar puro, mas — com exceção de Georges, Giroudeau, Du Bruel e Finot, habituados às orgias parisienses — ninguém conseguia andar. Georges mandou buscar três carruagens pequenas em um locador de carros e passeou os convidados durante uma hora pelos bulevares externos, desde Montmartre até a barreira do Trône. Voltaram por Bercy, pelos cais e bulevares, até a rua de Vendôme.

Os funcionários ainda se encontravam nos céus repletos das fantasias para onde a embriaguez leva os jovens, quando o anfitrião os levou aos salões de Florentine. Ali brilhavam as princesas do teatro que, sem dúvida alguma, cientes da brincadeira de Frédéric, divertiam-se fazendo-se passar por mulheres distintas. Estavam tomando sorvetes. As velas acesas faziam brilhar os candelabros. Os criados de Tullia, da senhora de Val-Noble e de Florine, todos em uniformes de gala, serviam doces em bandejas de prata. As cortinas, obras-primas da indústria de Lyon, presas por cordões de ouro, aturdiam os olhos. As flores dos tapetes criavam a ilusão de canteiros. Tudo naquela sala ofuscava os olhos. No primeiro momento e no estado em que Georges os deixara, os funcionários, particularmente Oscar, acreditaram estar na casa da marquesa de Las Florentinas y Cabirolos. O ouro reluzia sobre quatro mesas de jogo dispostas no quarto de dormir. No salão, as mulheres jogavam vinte-e-um, conduzido por Nathan, o famoso escritor. Depois de terem passeado, bêbados e quase adormecidos, nos sombrios bulevares externos, os funcionários despertaram assim em um verdadeiro palácio de Armide. Oscar, apresentado por Georges à suposta marquesa, ficou atônito, não reconhecendo a dançarina do teatro da Gaîté naquela mulher aristocraticamente decotada, adornada com rendas, quase parecendo uma vinheta de álbum e que o recebeu com gentilezas e maneiras sem iguais na lembrança ou na imaginação de um funcionário criado de modo tão severo. Depois de ter admirado todas as riquezas desse apartamento e as belas mulheres que ali se divertiam e que tinham competido entre si em suas vestes para a inauguração desse esplendor, Oscar foi tomado pela mão e levado por Florentine à mesa de vinte-e-um.

— Venha comigo. Vou apresentá-lo à bela marquesa de Anglade, uma de minhas amigas...

E ela levou o pobre Oscar até a bela Fanny Beaupré que substituíra, há dois anos, a falecida Coralie nas afeições de Camusot. Essa jovem atriz acabava de granjear fama com um papel de marquesa em um melodrama de Porte-Saint-Martin, intitulado "A família de Anglade", um sucesso da época.

— Veja, minha querida — disse Florentine —, eu lhe apresento um jovem encantador que você pode associar a seu jogo.

— Ah! Isso seria muito gentil — respondeu com um belo sorriso a atriz, examinando Oscar com o olhar. — Estou perdendo, vamos nos associar meio a meio, não é?

— Senhora marquesa, estou às suas ordens — disse Oscar, sentando-se ao lado da bela atriz.

— Coloque o dinheiro — disse ela —, eu o jogarei e o senhor me trará felicidade! Veja, aqui estão meus últimos 100 francos.

E ela tirou cinco peças de ouro de uma bolsa, com cordões ornamentados por diamantes. Oscar tirou seus 100 francos em peças de cinco francos, envergonhado por misturar simples escudos com peças de ouro. Em 10 jogadas, a atriz perdeu os 200 francos.

— Mas que maçada! — exclamou ela. — Serei a banca. Continuaremos juntos, não é? — disse ela a Oscar.

Fanny-Beaupré se levantara e o jovem funcionário, que se tornara objeto de atenção de toda a mesa, não ousou se retirar dizendo que essa era uma tentação forte demais para ele. Oscar perdeu a voz, sua língua ficou pesada e colada ao céu da boca.

— Você me empresta 500 francos? — perguntou a atriz à dançarina.

Florentine trouxe-lhe 500 francos que fora pegar com Georges que acabava de passar oito vezes pelo carteado.

— Nathan ganhou 1200 francos — disse a atriz ao funcionário —, os banqueiros sempre ganham. Não nos deixemos aborrecer — murmurou no ouvido dele.

Quem tem coração, imaginação e generosidade, compreenderá como o pobre Oscar abriu sua carteira e dela tirou a nota de 500 francos. Ele olhava Nathan, o famoso autor que, com Florentine, começara a jogar forte contra a banca.

— Vamos, meu jovem, arraste! — gritou Fanny-Beaupré, fazendo um sinal a Oscar para que recolhesse 200 francos que Florine e Nathan haviam apostado.

A atriz não poupava zombarias e ironias aos que perdiam. Ela animava o jogo com pilhérias que Oscar julgava bem singulares, mas a alegria abafou suas reflexões, pois as duas primeiras jogadas trouxeram um ganho de 2000 francos. Oscar tinha vontade de fingir uma indisposição e de fugir dali, deixando sua parceira, mas a honra prendia-o ali. As três horas seguintes levaram todos os lucros. Oscar sentiu um suor frio nas costas e ficou totalmente sóbrio. As duas últimas jogadas terminaram com os mil francos da sociedade. Oscar sentiu sede e entornou um copo após o outro de ponche gelado. A atriz levou o pobre funcionário para o quarto de dormir, dizendo-lhe mil e uma frivolidades. Mas então, a consciência do erro de tal modo se abateu sobre Oscar, a quem a figura de Desroches apareceu como em um sonho, que ele foi sentar-se em um divã magnífico, em um canto sombrio, colocou um lenço sobre os olhos e chorou! Florentine percebeu a atitude da dor sincera que impressionaria a uma atriz; ela foi até Oscar, tirou o lenço que ele segurava, viu as lágrimas e levou-o até uma alcova.

— O que houve, meu jovem? — perguntou-lhe.

Ao ouvir essa voz, essas palavras, esse tom, Oscar, que reconheceu uma bondade maternal na bondade da moça, respondeu:

— Perdi 500 francos que meu patrão me deu para retirar amanhã uma sentença. Só me resta lançar-me à água, estou desonrado.

— Não diga bobagens! — disse Florentine — Fique aqui, vou lhe trazer mil francos. Tente recuperar tudo, mas não arrisque mais do que 500 francos, a fim de conservar o dinheiro de seu patrão. Georges joga carteado muito bem, associe-se a ele.

Na posição cruel em que se encontrava, Oscar aceitou a proposta da dona da casa.

"Ah!", pensou ele, "Só as marquesas são capazes de agir assim. Bela, nobre e riquíssima... Georges é feliz!"

Ele recebeu os mil francos em ouro das mãos de Florentine e foi se associar a Georges, que já havia passado quatro vezes quando Oscar colocou-se a seu lado. Os jogadores viram a chegada desse novo apostador com prazer e todos, com o instinto dos jogadores, colocaram-se ao lado de Giroudeau, o velho oficial do Império.

— Os senhores — disse Georges — serão punidos por sua deserção. Sinto que terei sorte. Vamos, Oscar, nós os derrotaremos!

Georges e seu parceiro perderam cinco partidas em seguida. Depois de ter perdido seus mil francos, Oscar, tomado pela fúria do jogo, quis pegar as cartas. Devido a um acaso bastante comum entre os que jogam pela primeira vez, ele ganhou, mas Georges virou-lhe a cabeça com seus conselhos, dizendo-lhe para jogar cartas e as arrancava de suas mãos, de modo que a luta dessas duas vontades, dessas duas inspirações, arruinou todo o golpe de sorte. Assim, por volta das três horas da manhã, depois de reversos da fortuna e de ganhos inesperados, sempre bebendo ponche, Oscar voltou a não ter mais do que 100 francos. Ele se levantou com a cabeça pesada e tonta, deu alguns passos e caiu sobre um sofá, com os olhos fechados por um sono de chumbo.

— Mariette — disse Fanny-Beaupré à irmã de Godeschal, que havia chegado duas horas depois da meia-noite —, você vem jantar aqui amanhã? Meu Camusot virá com o senhor Cardot; nós os enlouqueceremos!

— Como? — espantou-se Florentine. — Meu velho chinês de nada me avisou.

— Ele deve vir de manhã avisá-la de que cantará *La Mère Godichon* — continuou Fanny-Beaupré. — Já está na hora de ele estrear seu apartamento, pobre homem.

— Que o diabo o carregue com suas orgias! — exclamou Florentine. — Ele e o genro são piores que magistrados ou diretores de teatro. Afinal de contas, come-se muito bem aqui, Mariette — disse ela à primeira dama da ópera. — Cardot sempre encomenda o cardápio a Chevet. Venha com seu duque de Maufrigneuse; riremos e os faremos dançar como tritões!

Ao ouvir os nomes de Cardot e de Camusot, Oscar fez um esforço para vencer o sono, mas só pôde balbuciar uma palavra que não foi ouvida e caiu novamente sobre a almofada de seda.

— Veja, você tem com quem passar a noite — disse rindo Fanny-Beaupré a Florentine.

— Ah! Pobre rapaz! Ele está bêbado de ponche e de desespero; é o segundo funcionário do escritório em que trabalha seu irmão — disse Florentine à Mariette —; ele perdeu o dinheiro que o patrão lhe dera para os assuntos do escritório. Queria se matar, e eu lhe emprestei mil francos que Finot e Giroudeau acabaram por ganhar dele. Pobre inocente!

— Mas é preciso acordá-lo — disse Mariette. — Meu irmão não é de brincadeiras e seu patrão ainda menos.

— Ah! Acorde-o, se conseguir, e leve-o embora — disse Florentine, voltando aos salões para se despedir dos que iam embora.

Começaram a dançar as chamadas danças de caráter e, ao nascer do dia, Florentine foi se deitar, cansada, esquecendo-se de Oscar, de quem ninguém se lembrou e que dormia profundamente.

Por volta das 11 horas da manhã, uma voz terrível acordou o funcionário que, reconhecendo seu tio Cardot, tentou sair da situação fingindo dormir e escondendo o rosto nas belas almofadas de veludo amarelo sobre as quais havia passado a noite.

— Realmente, minha pequena Florentine — disse o idoso respeitável —, isso não é nem sábio nem gentil; ontem você dançou nas Ruínas e passou a noite em uma orgia? Quer perder seu frescor? Sem contar que é realmente uma ingratidão inaugurar esse magnífico apartamento sem mim, com estranhos, sem me contar! Sabe-se lá o que aconteceu!

— Monstro! — exclamou Florentine. — Você não tem uma chave para entrar a qualquer hora e a qualquer momento em minha casa? O baile terminou às cinco e meia, e você tem a crueldade de me acordar às 11 horas!

— Onze e meia, Titine — disse humildemente Cardot. Eu me levantei cedo para encomendar a Chevet um jantar de arcebispo. Seus tapetes estão estragados! Que tipo de pessoas você recebeu?

— Você não deveria se queixar, pois Fanny-Beaupré me disse que você viria com Camusot e, para agradá-lo, convidei Tullia,

Du Bruel, Mariette, o duque de Maufrigneuse, Florine e Nathan. Assim, você terá as cinco mais belas criaturas que já foram vistas nos palcos e dançaremos para você alguns passos de Zéfiro.

—Uma vida como esta é o mesmo que se matar! — exclamou o senhor Cardot. — Quantos copos quebrados! Que desastre! A antecâmara provoca tremores.

Nesse momento, o agradável idoso ficou atônito e paralisado, como um pássaro ao ser atraído por um réptil. Ele percebeu o perfil de um corpo jovem vestido de negro.

—Ah! Senhorita Cabirolle! — disse ele, enfim.

—Sim, o que foi? — perguntou ela.

O olhar da dançarina seguiu a direção do olhar do senhor Cardot e, ao reconhecer o segundo funcionário, ela foi tomada por um ataque de riso que não só surpreendeu o velho como obrigou Oscar a se mostrar, pois Florentine pegou-o pelo braço e soltou uma gargalhada ao ver os rostos constrangidos do tio e do sobrinho.

—O que faz aqui, meu sobrinho?

—Ah! Ele é o seu sobrinho?! — exclama Florentine, gargalhando novamente. — Você nunca me disse que tinha um sobrinho. Mariette não o levou para casa, então? — disse ela a Oscar, que estava paralisado. — O que vai acontecer com você, pobre rapaz?

—O que ele quiser — respondeu secamente o senhor Cardot, dirigindo-se à porta para ir embora.

—Um instante, senhor Cardot. O senhor tem de tirar seu sobrinho da difícil situação em que ele se encontra, por minha culpa, pois ele jogou com o dinheiro de seu patrão, 500 francos, que perdeu, além de mil francos meus, que lhe dei para se recuperar.

—Infeliz, você perdeu 1500 francos no jogo? Na sua idade?!

— Ah! Meu tio, meu tio — lamentou-se o pobre Oscar, que se deu conta do horror de sua posição ao ouvir essas palavras e que se lançou de joelhos e mãos postas diante do tio. — Já é meiodia. Estou perdido e desonrado. O senhor Desroches não terá piedade! Trata-se de um caso importante em que ele colocou seu amor-próprio. Eu devia ter ido buscar, hoje de manhã, a sentença de Vandenesse contra Vandenesse! O que aconteceu?... O que será de mim?... Salve-me, pela memória de meu pai e de minha tia!... Venha comigo ao escritório do senhor Desroches, explique-lhe o que houve, encontre desculpas!

Essas frases foram ditas em meio a lágrimas e soluços que teriam enternecido as esfinges do deserto de Luxor.

— Pois bem, velho sovina! — exclamou a dançarina, que também chorava. — Vai deixar que seu próprio sobrinho, o filho do homem a quem deve sua fortuna, seja desonrado? Ele se chama Oscar Husson! Salve-o ou não será mais o senhor de sua Titine!

— Mas como ele veio parar aqui? — perguntou o senhor Cardot.

— Ah! Ele esqueceu a hora de ir buscar a sentença de que fala. Não pode ver que ele estava bêbado e adormeceu de tão cansado? Georges e seu primo Frédéric ofereceram um banquete aos funcionários do escritório de Desroches no Rocher-de-Cancale, ontem.

O senhor Cardot olhou hesitante para a dançarina.

— Vamos logo, velho sovina. Não acha que eu o teria escondido melhor se a explicação fosse outra? — perguntou ela.

— Pegue! Aqui estão 500 francos, idiota! — disse o senhor Cardot a seu sobrinho. — Isto é tudo que terá de mim! Vá se arranjar com seu patrão, se puder. Vou cobrir os mil francos que a senhorita lhe emprestou, mas não quero nunca mais ouvir falar de você.

Oscar saiu sem querer ouvir mais nada, mas ao se ver na rua, não soube para onde ir.

O acaso que perde as pessoas e o acaso que as salva fizeram esforços iguais a favor e contra Oscar nessa terrível manhã, mas ele deveria sucumbir com um patrão que nunca voltava atrás. Ao chegar em casa, Mariette, preocupada com o que poderia acontecer ao pupilo de seu irmão, tinha escrito uma carta a Godeschal e nela incluíra uma nota de 500 francos, avisando o irmão da bebedeira e das desgraças ocorridas com Oscar. Essa boa jovem foi dormir e recomendou a sua camareira que levasse a carta ao escritório de Desroches antes das sete horas. Por sua parte, Godeschal, ao se levantar às seis horas, não encontrou Oscar em lugar algum e adivinhou o que tinha acontecido. Pegou 500 francos de suas economias e correu ao cartório em busca da sentença, a fim de apresentar a intimação para assinatura de Desroches às oito horas. Desroches, que sempre se levantava às quatro horas, entrou em seu escritório às sete. A camareira de Mariette, não tendo encontrado o irmão de sua patroa em seus aposentos, desceu ao escritório e foi recebida por Desroches, a quem naturalmente entregou a carta.

— É algum assunto do escritório? — perguntou o patrão. — Eu sou o senhor Desroches.

— Veja, senhor — disse a camareira.

Desroches abriu a carta e leu-a. Ao ver a nota de 500 francos, ele voltou para o gabinete, furioso com o segundo funcionário. Às sete e meia, ele ouviu Godeschal, que ditava a intimação da sentença a outro funcionário e, alguns instantes depois, o bom Godeschal entrou triunfante no gabinete do patrão.

— Foi Oscar Husson quem foi hoje de manhã ao cartório de Simon? — perguntou Desroches.

— Sim, senhor — respondeu Godeschal.

— Mas quem lhe deu o dinheiro? — perguntou o procurador.

— Foi o senhor mesmo — disse Godeschal —, no sábado.

—Quer dizer que estão chovendo notas de 500 francos?! — exclamou Desroches. — Veja, Godeschal, você é um bom rapaz, mas o pequeno Husson não merece tanta generosidade. Odeio os imbecis, mas odeio ainda mais as pessoas que cometem erros apesar dos cuidados paternais de que estão rodeados — ele entregou a Godeschal a carta de Mariette e a nota de 500 francos que ela enviara. — Desculpe-me por abri-la — disse ele —, mas a criada de sua irmã me disse que era um assunto do escritório. Você vai demitir Oscar.

— O pobre infeliz, que me deu tanto trabalho! — disse Godeschal.

— Esse grande patife do Georges Marest é seu anjo mau; é preciso que fuja dele como da peste, pois não sei o que provocará em um terceiro encontro.

— Como assim? — disse Desroches.

Godeschal contou resumidamente os eventos da viagem a Presles.

— Ah! — disse o procurador. — Na época, Joseph Bridau falou-me dessa farsa. Foi a esse encontro que devemos o favor do conde de Sérisy para o senhor seu irmão.

Nesse momento, chegou Moreau, pois havia um negócio importante para ele nessa sucessão Vandenesse. O marquês queria vender as terras de Vandenesse em lotes, e o conde, seu irmão, opunha-se a isso. O negociante de propriedades foi, assim, o primeiro a receber as justas queixas e as sinistras profecias que Desroches proferiu contra seu ex-funcionário e, depois dessa conversa, Moreau chegou à conclusão de que a vaidade de Oscar era incorrigível.

— Faça dele um advogado — disse Desroches —, ele só precisa defender sua tese e, nessa profissão, seus defeitos podem até se transformar em qualidades, pois o amor-próprio dá articulação à metade dos advogados.

Nesse momento, Clapart, que estava doente, era cuidado por sua mulher, tarefa penosa, um dever sem nenhuma recompensa. O funcionário atormentava a pobre esposa, que até então tinha ignorado os terríveis aborrecimentos e as implicâncias venenosas que ele se permitia, durante o dia inteiro, um homem meio imbecil que a pobreza deixara sorrateiramente furioso. Encantado por poder torturar com uma ponta afiada o ponto sensível do coração de uma mãe, ele de algum modo havia adivinhado as preocupações que o futuro, o comportamento e os defeitos de Oscar traziam à pobre mulher. De fato, quando uma mãe passou por uma situação tão penosa quanto a do caso de Presles, ela vive continuamente preocupada e, pelo modo com que a esposa elogiava Oscar todas as vezes em que ele obtinha êxito, Clapart reconhecia a extensão das inquietudes secretas da mãe e as provocava a qualquer pretexto.

— Enfim, Oscar está melhor do que eu supunha. Bem que eu disse que o ocorrido na viagem a Presles tinha sido apenas uma inconsequência da juventude. Que rapazes não cometem faltas? Pobre criança! Ele suporta heroicamente as privações que não teria conhecido se seu pobre pai estivesse vivo. Deus queira que ele consiga controlar suas paixões!

Ora, enquanto as catástrofes se sucediam na rua de Vendôme e na rua de Béthisy, Clapart, sentado perto da lareira, enrolado em um *robe de chambre* ordinário, olhava sua mulher, ocupada em preparar na chaminé do quarto de dormir, ao mesmo tempo, o caldo, o remédio de Clapart e o almoço que iria comer.

— Meu Deus, como eu gostaria de saber como terminou o dia de ontem! Oscar devia almoçar no Rocher-de-Cancale e, à noite, ir à casa de uma marquesa...

— Ah! Fique tranquila. Cedo ou tarde, as notícias chegarão — disse-lhe o marido. — Você acredita nessa marquesa? Veja! Um rapaz que gosta de prazeres e tende aos gastos excessivos, como Oscar, encontra marquesas na Espanha a preço de ouro! Algum dia, ele cairá em seus braços cheio de dívidas...

— Você se diverte inventando coisas para me desesperar! — exclamou a senhora Clapart. — Você se queixava de que meu filho comia seus ordenados, e ele nunca lhe custou nada. Já se passaram dois anos sem que você tivesse nenhum motivo para falar mal de Oscar. Ele agora é segundo funcionário; seu tio e o senhor Moreau custeiam tudo e, além do mais, ele agora tem 800 francos de ordenado. Se tivermos pão em nossa velhice, será a ele que o deveremos. Na verdade, você é muito injusto.

— Você chama minhas previsões de injustiça — respondeu amargamente o doente.

Nesse momento, a campainha tocou vivamente. A senhora Clapart correu a abrir a porta e ficou no primeiro aposento com Moreau, que viera suavizar o golpe que as notícias do mau passo de Oscar trariam à sua pobre mãe.

— Como? Ele perdeu o dinheiro do escritório?! — exclamou a senhora Clapart, chorando.

— Viu! Bem que eu lhe disse! — exclamou Clapart, que apareceu como um fantasma à porta do salão, para onde a curiosidade o havia atraído.

— Mas o que faremos com ele? — perguntou a senhora Clapart que a dor tornara insensível à provocação de Clapart.

— Se ele tivesse o meu nome — respondeu Moreau —, eu o faria tirar a sorte na conscrição e, se tirasse um número ruim, não pagaria um homem para substituí-lo. Esta foi a segunda vez que seu filho cometeu uma tolice levado pela vaidade. Pois bem, a vaidade talvez o leve a realizar ações brilhantes, que lhe dariam destaque nessa carreira. Além do mais, seis anos de serviço militar enfiarão juízo nessa cabeça e, como só precisa defender sua tese, ele não ficará nada infeliz ao se tornar advogado aos 26 anos, se desejar continuar na profissão do direito depois de ter pago, como se diz, o imposto do sangue. Dessa vez, ao menos, ele terá sido punido severamente, terá ganhado experiência e aprendido o hábito da subordinação. Antes de fazer um estágio no Palácio de Justiça, ele terá feito um estágio na vida.

— Se esse é seu conselho para um filho — disse a senhora Clapart —, vejo que o coração de um pai não se parece em nada com o de uma mãe. Meu pobre Oscar, um soldado?

— A senhora preferiria vê-lo lançar-se de cabeça ao Sena depois de cometer um ato desonroso? Ele não pode mais ser procurador; não acha que ele possa ser sábio o bastante para se tornar advogado? Enquanto espera pela idade da razão, o que acontecerá com ele? Será uma pessoa ruim? Pelo menos, a disciplina conservará seu filho.

— Ele não poderia ir para um outro escritório? Seu tio Cardot certamente lhe pagará um substituto, e ele lhe dedicará sua tese.

Nesse momento, o ruído de um carro, no qual estava todo o mobiliário de Oscar, anunciou a chegada do infeliz rapaz, que não demorou a aparecer.

— Ah! Aqui está o senhor Bom Coração! — exclamou Clapart.

Oscar beijou a mãe e estendeu a mão ao senhor Moreau, que se recusou a apertá-la. A resposta de Oscar ao desprezo dessa exclamação foi um olhar ao qual a censura deu uma dureza que nunca haviam visto nele.

— Escute, senhor Clapart — disse o rapaz, que se transformara em homem —, o senhor perturba diabolicamente minha pobre mãe e está em seu direito, pois ela infelizmente é a sua mulher. Mas comigo é diferente! Serei maior de idade dentro de poucos meses, e o senhor não tem nenhum direito sobre mim, mesmo enquanto ainda sou menor. Nunca lhe pedimos nada! Graças a este senhor que aqui se encontra, eu nunca lhe custei um centavo, não lhe devo nenhum tipo de reconhecimento. Assim, deixe-me em paz.

Clapart, ao ouvir essa fala, voltou a sua poltrona perto da lareira. A argumentação do ex-funcionário e o furor interior do rapaz de 20 anos, que acabava de receber uma lição de seu amigo Godeschal, impuseram para sempre o silêncio à imbecilidade do doente.

— Uma armadilha à qual o senhor teria sucumbido como eu, quando tinha a minha idade — disse Oscar a Moreau — levou-me a cometer uma falta que Desroches considerou grave, mas que é apenas um pecado da juventude. Eu me culpo muito mais de haver tomado Florentine, do teatro da Gaîté, por uma marquesa e as atrizes por mulheres de bem do que por ter perdido 1500 francos em um ambiente em que todos, até mesmo Godeschal, estavam embriagados. Desta vez, pelo menos, só prejudiquei a mim mesmo. Isto me serviu de lição. Se quiser me ajudar, senhor Moreau, eu lhe juro que os seis anos durante os quais devo permanecer como funcionário antes de poder agir por mim mesmo, vão se passar sem...

— Alto lá — disse Moreau —, tenho três filhos e não posso me comprometer com nada.

— Bem, bem — disse a senhora Clapart a seu filho, lançando um olhar de reprovação a Moreau —, resta seu tio Cardot.

— Não podemos mais contar com o tio Cardot — respondeu Oscar, contando a cena da rua de Vendôme.

A senhora Clapart, sentindo as pernas vacilarem sob o peso de seu corpo, caiu sobre uma cadeira da sala de jantar, como se tivesse sido atingida por um raio.

— Todas as desgraças de uma só vez! — disse ela, ao desmaiar.

Moreau tomou a pobre mãe nos braços e colocou-a na cama, em seu quarto. Oscar continuou imóvel e paralisado.

— Você não tem mais o que fazer, a não ser tornar-se soldado — disse o negociante de propriedades, voltando-se para Oscar. — Esse imbecil do Clapart não me parece ter mais de três meses de vida; sua mãe ficará sem um centavo de renda; não devo reservar para ela o pouco de dinheiro de que posso dispor? Eu não podia dizer-lhe isso diante de sua mãe. Como soldado, você será alimentado e poderá refletir sobre a vida como ela é para quem nasce sem fortuna.

— Eu posso tirar um bom número — disse Oscar.

— E depois? Sua mãe cumpriu bem seus deveres de mãe: ela lhe deu educação, ela o colocou no bom caminho do qual você acaba de sair. O que você poderá fazer? Sem dinheiro nada se pode, você viu isso ainda hoje e não é homem de começar uma carreira colocando um uniforme e assumindo o papel de um operário. Além disso, sua mãe o ama. Você quer matá-la? Ela morreria se o visse cair tão baixo.

Oscar sentou-se e não conteve as lágrimas que corriam abundantes. Agora ele compreendia essa linguagem, que lhe era tão completamente ininteligível quando de sua primeira falta.

— As pessoas sem fortuna devem ser perfeitas! — disse Moreau, sem desconfiar da profundidade dessa frase cruel.

— Minha sorte não ficará indecisa por muito tempo. Devo tirar meu número depois de amanhã — respondeu Oscar. — A partir daí, meu futuro estará decidido.

Moreau, desolado apesar de sua atitude severa, deixou a casa da rua da Cerisaie em desespero. Três dias depois, Oscar tirou o número 27. No interesse desse pobre rapaz, o antigo administrador de Presles reuniu toda a sua coragem e foi pedir ao senhor conde de Sérisy sua proteção para que Oscar fosse chamado para a cavalaria. Ora, o filho do ministro de Estado havia se classificado entre os últimos ao sair da Escola Politécnica e entrara por favor como subtenente no regimento de cavalaria do duque de Maufrigneuse. Assim, em meio a sua infelicidade, Oscar teve a pequena felicidade de, por recomendação do conde de Sérisy, ser incorporado nesse belo regimento, com a promessa de ser promovido a furriel ao fim de um ano. Desse modo, o acaso colocou o ex-funcionário sob as ordens do filho do senhor de Sérisy.

Depois de ter ficado doente durante alguns dias, por ter sido tão intensamente atingida por essas catástrofes, a senhora Clapart deixou-se devorar por aqueles remorsos que afligem as mães cuja conduta passada foi leviana e que, na velhice, tendem a se arrepender. Ela se considerou então uma pessoa amaldiçoada. Atribuiu as misérias de seu segundo casamento e as infelicidades de seu filho a uma vingança de Deus, que o fazia expiar as faltas e os prazeres que ela cometera em sua juventude. Essa opinião logo se transformou em certeza. A pobre mãe foi se confessar, pela primeira vez em 40 anos, com o vigário de Saint-Paul, o abade Gaudron, que a dirigiu para as práticas da devoção. Mas uma alma tão maltratada e tão amante como a da senhora Clapart devia tornar-se simplesmente devota. A antiga Aspásia do Diretório quis redimir seus pecados para atrair as bênçãos divinas sobre a cabeça de seu pobre Oscar. Desse modo, ela logo se dedicou aos exercícios e às obras da piedade mais viva. Ela acreditou ter chamado a atenção do céu depois de ter conseguido salvar o senhor Clapart que, graças a seus cuidados, viveu para atormentá-la, mas ela considerava as tiranias desse espírito fraco como provas infligidas pela mão que acaricia ao castigar. Oscar, por outro lado, comportava-se de modo tão perfeito que, em 1830, era quartel-mestre na companhia do visconde de Sérisy, o que lhe dava o posto de subtenente na linha, pois o regimento do duque de Maufrigneuse pertencia à

Guarda Real. Oscar Husson tinha então 25 anos. Como a Guarda Real estava sempre de guarnição em Paris ou em um raio de 30 léguas ao redor da capital, ele ia ver a mãe de tempos em tempos e lhe confiava suas tristezas, pois tinha inteligência suficiente para compreender que nunca chegaria a oficial. Nessa época, os postos graduados na cavalaria estavam praticamente reservados aos filhos mais novos das famílias nobres, e os homens sem título em seu nome dificilmente tinham acesso a eles. Toda a ambição de Oscar era deixar a Guarda e ser nomeado como subtenente em um regimento de cavalaria de linha. No mês de fevereiro de 1830, a senhora Clapart obteve, por meio do abade Gaudron, que se tornara cura de Saint-Paul, a proteção de Madame La Dauphine, e Oscar foi promovido a subtenente.

Embora, na aparência, o ambicioso Oscar parecesse ser excessivamente devotado aos Bourbon, ele era liberal no fundo do coração. Assim, na batalha de 1830, ele ficou ao lado do povo. Essa deserção, que teve importância pelo momento em que ocorreu, colocou Oscar sob a atenção pública. Na exaltação do triunfo, no mês de agosto, Oscar, nomeado tenente, recebeu a cruz da Legião de Honra, e foi promovido a ajudante-de-campo de La Fayette, que o elevou ao posto de capitão em 1832. Quando destituíram o amador da melhor das repúblicas de seu comando em chefe das guardas nacionais do reino, Oscar Husson, cuja dedicação à nova dinastia chegava ao fanatismo, foi colocado como chefe de esquadrão em um regimento enviado à África, durante a primeira expedição empreendida pelo príncipe real. O visconde de Sérisy era então tenente-coronel desse regimento. Durante a batalha de Macta, em que foi preciso abandonar o campo de batalha aos árabes, o senhor de Sérisy ficou ferido e preso sob seu cavalo morto. Oscar disse então a seu esquadrão:

— Senhores, iremos enfrentar a própria morte, mas não devemos abandonar nosso coronel.

Ele foi o primeiro a abater-se sobre os árabes, e os demais, inspirados, seguiram-no. Os árabes, atônitos pela surpresa que lhes causou esse retorno ofensivo e furioso, permitiram que Oscar se apoderasse do visconde, a quem colocou sobre seu cavalo, fugindo em seguida em rápido galope, embora nessa operação, realizada em meio a uma horrível confusão, tivesse recebido dois golpes de sabre no braço esquerdo. A bela atitude de Oscar foi recompensada pela cruz de oficial da Legião de Honra e por sua promoção ao posto de tenente-coronel. Ele prodigalizou os cuidados mais afetuosos ao visconde de Sérisy, a quem a mãe foi buscar e que morreu, como se sabe, em Toulon, em consequência de seus ferimentos. A condessa de Sérisy não quis separar seu filho de quem, depois de tê-lo arrancado aos árabes, cuidara dele com tanta devoção. Oscar havia sido tão gravemente ferido que a amputação do braço esquerdo foi considerada necessária pelo cirurgião que a condessa levara para cuidar do filho. Assim, o conde de Sérisy perdoou Oscar pelas tolices ditas na viagem a Presles e passou até a se considerar como devedor diante dele, ao enterrar o único filho na capela do castelo de Sérisy.

Muito tempo depois da batalha de Macta, uma velha senhora vestida de preto, dando o braço a um homem de 34 anos, que os traunseuntes podiam reconhecer como um oficial reformado por ter um braço a menos e a roseta da Legião de Honra em sua botoneira, parou, às oito horas da manhã, durante o mês de maio, sob a porta do hotel Leão de Prata, na rua do faubourg de Saint-Denis, esperando sem dúvida a partida de uma diligência. Com certeza, Pierrotin, o empresário dos serviços do vale do Oise, cujos carros passavam por Saint-Leu-Taverny e L'Isle-Adam até

Beaumont, teria dificuldade em reconhecer nesse oficial de pele bronzeada o pequeno Oscar Husson, que há muito tempo ele havia levado a Presles. A senhora Clapart, viúva enfim, estava tão irreconhecível quanto seu filho. Clapart, uma das vítimas do atentado de Fieschi, havia sido melhor para sua mulher em morte do que em toda a sua vida. Naturalmente, o desocupado Clapart havia se colocado no Boulevard du Temple para ver passar sua legião em revista. A pobre devota havia, assim, sido beneficiária de uma pensão vitalícia de 1500 francos pela lei decretada em favor das vítimas daquela máquina infernal.

O carro, atrelado com quatro cavalos tordilhos que teriam honrado as cocheiras reais, era dividido em cupê, interior, rotunda e imperial. Ele se parecia muito com as diligências chamadas de gôndolas, que atualmente fazem concorrência às duas ferrovias na estrada de Versalhes. Ao mesmo tempo, sólida e leve, bem pintada e bem conservada, forrada com fino tecido azul, guarnecida de cortinas com desenhos mouriscos e almofadas de marroquino vermelho, a Andorinha do Oise podia levar 19 passageiros. Pierrotin, embora com 56 anos, pouco havia mudado. Sempre vestido com blusa, sob a qual usava um costume preto, ele fumava cachimbo enquanto supervisionava os dois bagageiros de libré que carregavam os numerosos pacotes na grande imperial de seu carro.

— Seus lugares estão reservados? — perguntou ele à senhora Clapart e a Oscar, examinando-os como um homem que procura semelhanças em sua memória.

— Sim, dois lugares no interior do carro, em nome de Belle-Jambe, meu criado — respondeu Oscar. — Ele deve tê-los reservado ao partir ontem à tarde.

— Ah! O senhor é o novo coletor de Beaumont — disse Pierrotin.
— Vai substituir o sobrinho do senhor Margueron, não é?

—Sim — disse Oscar, apertando o braço da mãe, que fazia menção de falar.

Por sua vez, o oficial queria permanecer incógnito durante algum tempo.

Naquele momento, Oscar tremeu ao ouvir a voz de Georges Marest que gritou da rua:

—Pierrotin, ainda tem um lugar?

—O senhor bem poderia me chamar de senhor sem rasgar sua garganta — respondeu vivamente o empreendedor dos serviços do vale do Oise.

Sem o som da voz, Oscar não teria reconhecido o homem que já por duas vezes lhe fora tão prejudicial. Georges, quase calvo, não tinha mais do que três ou quatro mechas de cabelo acima das orelhas e as espalhava cuidadosamente para disfarçar ao máximo a nudez do crânio. Uma gordura mal distribuída, uma barriga pronunciada alteravam as proporções outrora tão elegantes do antigo belo rapaz. Quase ignóbil de aparência e atitude, Georges revelava bem os desastres amorosos e uma vida de dissipação contínua com uma compleição avermelhada, traços abrutalhados e quase arroxeados. Os olhos tinham perdido aquele brilho, aquela vivacidade da juventude que os hábitos sábios ou estudiosos têm o poder de manter. Georges, vestido como um homem que não se preocupava com a aparência, usava uma calça com presilhas, mas surradas, para a qual a moda exigia botas de verniz. Suas botas de solas espessas, mal engraxadas, já tinham mais de três trimestres de uso, o que em Paris equivale a três anos em outros locais. Um colete desbotado, uma gravata com um nó pretensioso, embora fosse velha, acusavam a espécie de penúria oculta a que alguém que já foi elegante pode se ver reduzido. Enfim, Georges se mostrava àquela hora matinal de casaco curto em vez de longo, o que demonstrava uma real miséria! Esse casaco, que devia ter visto mais de um baile, tinha passado, como seu dono, da opulência que representava anteriormente a um trabalho diário. As costuras do tecido preto tinham linhas embranquecidas, a gola estava gordurosa, o uso havia deixado denteadas as extremidades das mangas. E Georges ousava chamar atenção com luvas amarelas, um pouco sujas na verdade, em cima de uma das quais exibia um anel largo e negro. Ao redor da gravata, passada em um anel de ouro pretensioso, enrolava-se uma corrente de seda que imitava cabelos e que, provavelmente, prendia um relógio. Seu chapéu, embora bem colocado, revelava ainda mais a miséria do homem que não tinha a possibilidade de dar 15 francos a um chapeleiro por se ver obrigado a viver de um dia para o outro. O antigo amante de Florentine segurava uma bengala de castão de prata cinzelada, mas horrivelmente amassada. A calça azul, o colete em estampa escocesa, a gravata de seda azul-celeste e a camisa de algodão listada de rosa exprimiam, em meio a tantas ruínas, um tal desejo de aparecer que esse contraste formava não só um espetáculo, mas também um ensinamento.

"Esse aí é o Georges?", pensou Oscar, "Um homem que, quando o vi por último, tinha 30 mil francos de renda."

— O senhor de Pierrotin tem ainda um lugar em seu cupê? — respondeu Georges, com ironia.

— Não, meu cupê está tomado por um par de França, o genro do senhor Moreau, o senhor barão de Canalis, sua esposa e sua sogra. Só tenho um lugar no interior.

— Diabos! Parece que, em todos os governos, os pares de França viajam nos carros de Pierrotin. Fico com o lugar no interior — respondeu Georges, que se lembrara da aventura com o senhor de Sérisy.

Ele lançou sobre Oscar e sobre a viúva um olhar curioso e não reconheceu nem o filho nem a mãe. Oscar tinha a pele bronzeada pelo sol da África, seus bigodes eram excessivamente cheios e suas suíças muito grossas; seu rosto encovado e seus traços pronunciados combinavam com a atitude militar. A roseta de oficial, a falta de um braço, a severidade das roupas, tudo teria confundido a memória de Georges, se ele tivesse se lembrado de sua antiga vítima. Quanto à senhora Clapart, que Georges mal havia visto, 10 anos dedicados à piedade mais severa a haviam transformado. Ninguém teria imaginado que essa espécie de irmã leiga escondia uma das Aspásias de 1797.

Um enorme ancião, vestido simplesmente, mas de modo opulento e em quem Oscar reconheceu o senhor Léger, chegou lenta e pesadamente; ele saudou Pierrotin com familiaridade, e este lhe demonstrou o respeito devido, em todos os países, aos milionários.

— Ora! É o senhor Léger! Cada vez mais preponderante! — exclamou Georges.

— A quem tenho a honra de falar? — perguntou secamente o senhor Léger.

— Como? Não reconheceu o coronel Georges, amigo de Ali-Paxá? Fizemos uma viagem juntos, uma vez, com o conde de Sérisy, que viajava incógnito.

Uma das tolices mais comuns às pessoas decadentes é querer reconhecer os outros e serem reconhecidas.

— O senhor mudou muito — respondeu o velho negociante de propriedades, que se tornara milionário duas vezes.

— Tudo muda — disse Georges. — Veja se o hotel Leão de Prata e se o carro de Pierrotin parecem com o que eram há 14 anos.

— Pierrotin agora é o único proprietário dos transportes do vale do Oise, e usa belos carros — respondeu o senhor Léger. — É um burguês de Beaumont, tem um hotel onde param as diligências, e sua mulher e sua filha não estão nada mal.

Um ancião de cerca de 70 anos desceu do hotel e se juntou aos viajantes que esperavam o momento de subir ao carro.

— Vamos logo, senhor Reybert — disse Léger. — Só esperamos seu grande homem.

— Aqui está ele — disse o administrador do conde de Sérisy, indicando Joseph Bridau.

Nem Georges nem Oscar puderam reconhecer o pintor ilustre, pois ele ostentava aquele rosto tão famoso e sua atitude demonstrava a confiança que vem do sucesso. Seu casaco preto era adornado por uma fita da Legião de Honra. Seu traje, excessivamente elegante, indicava um convite para alguma festa no campo.

Nesse momento, um criado, com uma folha na mão, saiu de um escritório construído na antiga cozinha do Leão de Prata e se colocou diante do cupê vazio.

— Senhor e senhora de Canalis, três lugares! — exclamou ele.

Passou ao interior e nomeou sucessivamente:

— Senhor Belle-Jambe, dois lugares; senhor de Reybert, três lugares; senhor... qual é seu nome? — perguntou ele a Georges.

— Georges Marest — respondeu em voz baixa o homem decadente.

O criado foi para a rotunda diante da qual se juntavam amas, camponeses e pequenos comerciantes que se despediam. Depois de ter empilhado os seis viajantes, o criado chamou por nome quatro jovens que subiram para a banqueta da imperial e disse: "Rode!", como ordem de partida. Pierrotin colocou-se ao lado de seu condutor, um jovem de jaleco que, por sua vez, gritou para seus cavalos:

— Vamos!

O carro, puxado por quatro cavalos comprados em Roye, venceu a trote a subida do subúrbio de Saint-Denis, mas depois de chegar acima de Saint-Laurent, correu como uma carruagem postal até Saint-Denis em 40 minutos. Não pararam no albergue de folhados e tomaram a esquerda de Saint-Denis, entrando na estrada do vale de Montmorency.

Foi ao chegar lá que Georges rompeu o silêncio que os viajantes guardavam até então, observando-se uns aos outros.

— A viagem está um pouco melhor do que há 15 anos — disse ele, puxando um relógio de prata —, não é, pai Léger?

— Tenha a bondade de me chamar de senhor Léger — respondeu o milionário.

— Mas é aquele contador de histórias de minha primeira viagem a Presles! — exclamou Joseph Bridau. — E então, tem feito novas campanhas na Ásia, na África e na América? — disse o grande pintor.

— Com mil diabos! Estive na Revolução de Julho e isso foi o suficiente, pois ela me arruinou.

— Ah! Esteve na Revolução de Julho! — disse o pintor. — Isso não me surpreende, pois jamais consegui acreditar, como me disseram, que ela foi feita sozinha.

— Que mundo pequeno! — disse o senhor Léger, olhando para o senhor de Reybert. — Veja, senhor Reybert, ali está o funcionário do notário a quem o senhor deve, sem dúvida, a administração dos bens da casa de Sérisy.

— Falta-nos Mistigris, agora famoso sob o nome de Léon de Lora, e aquele rapaz, tolo o suficiente para falar ao conde sobre as doenças de pele, que ele por fim conseguiu curar, e sobre sua esposa, a quem ele acabou de deixar para morrer em paz — disse Joseph Bridau.

— Falta também o senhor conde — disse Reybert.

— Ah! Creio eu — disse em tom melancólico Joseph Bridau — que a última viagem que ele fará será de Presles a L'Isle-Adam para assistir à cerimônia de meu casamento.

— Ele ainda passeia de carro em seu parque — respondeu o velho Reybert.

— Sua esposa vem vê-lo frequentemente? — perguntou Léger.

— Uma vez por mês — disse Reybert. — Ela ainda prefere ficar em Paris. Em setembro último, ela casou sua sobrinha, a senhorita Rouvre, sobre a qual derrama todas as suas afeições, com um jovem polonês muito rico, o conde Laginski.

— E para quem — perguntou a senhora Clapart — ficarão os bens do senhor de Sérisy ?

— Para sua mulher, que o enterrará — respondeu Georges. — A condessa ainda está muito bem para uma mulher de 54 anos; ela continua elegante e, de longe, ainda engana bem.

— Ela o enganará bem por muito tempo — disse então Léger, que parecia querer se vingar do fanfarrão.

— Eu a respeito — respondeu Georges ao senhor Léger. — Mas, a propósito, o que aconteceu ao administrador que foi demitido naquela época?

— Moreau? — respondeu Léger. — Ele é deputado do Oise.

— Ah! Ele é o famoso centrista! Moreau do Oise — disse Georges.

— Sim — respondeu Léger—, o senhor Moreau do Oise. Ele trabalhou um pouco mais do que o senhor na Revolução de Julho e acabou por comprar as magníficas terras de Pointel, entre Presles e Beaumont.

— Ah! Bem ao lado das que administrava, perto de seu antigo patrão. Isso é de muito mau gosto — disse Georges.

— Não fale assim tão alto — disse o senhor de Reybert —, pois a senhora Moreau e sua filha, a baronesa Canalis, assim como seu genro, o antigo ministro, também estão no carro, no cupê.

— Que dote ele deve ter dado para conseguir casar a filha com nosso grande orador?

— Alguma coisa por volta de dois milhões — disse o senhor Léger.

— Ele tinha gosto por milhões — disse Georges, sorrindo e em voz baixa — e já tinha começado seu pé de meia em Presles.

— Não diga mais nada a respeito do senhor Moreau — exclamou vivamente Oscar. — Parece-me que o senhor já deveria ter aprendido a se calar em carros públicos.

Joseph Bridau olhou para o oficial maneta durante alguns segundos e, depois, exclamou:

— O senhor não é embaixador, mas sua roseta nos mostra bem o quanto progrediu, e com nobreza, pois meu irmão e o general Giroudeau citaram-no muitas vezes em seus relatórios.

— Oscar Husson?! — exclamou Georges. — Meu Deus! Se não fosse a sua voz, eu não o teria reconhecido.

— Ah! Foi o senhor que tão corajosamente arrancou o visconde Jules de Sérisy das mãos dos árabes? — perguntou Reybert. — E foi o senhor também que o senhor conde fez com que obtivesse a coletoria de Beaumont enquanto aguardava a de Pontoise?

— Sim, senhor — disse Oscar.

— Muito bem! — disse o grande pintor. — O senhor me dará um grande prazer ao assistir a meu casamento em L'Isle-Adam.

— Com quem vai se casar? — perguntou Oscar.

— Com a senhorita Léger — respondeu o pintor —, a neta do senhor de Reybert. Esse é um casamento que o senhor conde de Sérisy fez a bondade de conseguir para mim, mesmo eu já lhe devendo muito como artista; antes de morrer, ele desejou se ocupar de meu futuro, com o qual eu nem sonhava.

— Então, o senhor Léger casou-se — disse Georges.

— Com a minha filha — respondeu o senhor de Reybert —, e mesmo sem dote.

— Teve filhos?

— Uma filha. Isso é o bastante para um homem que era viúvo e não tinha filhos — respondeu o senhor Léger. — Do mesmo modo que Moreau, meu sócio, terei um genro famoso.

— E — disse Georges, assumindo um ar quase respeitoso em relação ao senhor Léger — o senhor ainda mora em L'Isle-Adam?

— Sim, eu comprei Cassan.

— Pois bem, tive a sorte de escolher este dia para ir ao vale do Oise — disse Georges. — Os senhores podem me ser úteis.

— De que modo? — perguntou o senhor Léger.

— Ah! É o seguinte — disse Georges. — Sou funcionário de Espérance, uma empresa que acabou de ser fundada, e cujos estatutos serão aprovados por um ordenança do rei. Essa instituição, depois de 10 anos, dará dotes às jovens, rendas vitalícias aos idosos, pagará a educação das crianças; enfim, ela se encarregará do futuro de todas as pessoas.

— Acredito nisso — disse o senhor Léger, sorrindo. — Em uma palavra, o senhor é corretor de seguros.

— Não, senhor. Sou inspetor-geral, encarregado de estabelecer representantes e corretores da empresa em toda a França, e atuo como agente enquanto aguardo que os corretores sejam escolhidos, pois encontrar corretores honestos é algo tão delicado quanto difícil.

— Mas como perdeu seus 30 mil francos de renda? — perguntou Oscar a Georges.

—Do mesmo modo que o senhor perdeu o braço — respondeu secamente o antigo funcionário do notário ao antigo funcionário do procurador.

—Fez então alguma ação corajosa com a sua fortuna? — disse Oscar, com ironia misturada a amargura.

—Pois é! Infelizmente, eu fiz mais ações do que devia e tenho ações para vender.

Tinham chegado a Saint-Leu-Taverny onde desceram todos os viajantes enquanto os cavalos eram trocados. Oscar admirou a vivacidade que Pierrotin demonstrava ao soltar os arreios dos balancins, enquanto o condutor desencilhava os cavalos da parelha.

"Esse pobre Pierrotin", pensou ele, "continuou como eu, sem progredir muito na vida. Georges caiu na miséria. Todos os outros fizeram fortuna, graças à especulação ou ao talento."

—Vamos almoçar aqui, Pierrotin? — disse Oscar, em voz alta, dando uma batidinha no ombro dele.

—Não sou o condutor — disse Pierrotin.

—O que é então? — perguntou o coronel Husson.

—O empresário — respondeu Pierrotin.

—Vamos, não se incomode com velhos conhecidos — disse Oscar, mostrando a mãe, sem deixar seu protetor. — Não reconhece mais a senhora Clapart?

Foi ainda melhor que Oscar apresentasse a mãe a Pierrotin, pois nesse momento a senhora Moreau do Oise, que descia do cupê, olhou desdenhosamente para Oscar e sua mãe ao ouvir esse nome.

—Por Deus! Senhora, eu não a teria reconhecido nunca, nem o senhor. Parece que é muito quente na África, não?

A espécie de piedade que Pierrotin inspirara em Oscar foi a última falta que a vaidade o fez cometer, e ele ainda foi punido por ela, mas muito docemente. Vejamos como.

Dois meses depois de se instalar em Beaumont-sur-Oise, Oscar começou a fazer a corte à senhorita Georgette Pierrotin, cujo dote era de 150 mil francos e, no final do inverno de 1838, ele se casou com a filha do empresário dos Transportes do Oise.

A aventura da viagem a Presles havia dado discrição a Oscar, a noitada na casa de Florentine havia reforçado sua honestidade, as dificuldades da carreira militar haviam lhe ensinado a hierarquia social e a obediência ao destino. Tornando-se sábio e capaz, ele foi feliz. Antes de morrer, o conde de Sérisy havia colocado Oscar na recebedoria de Pontoise. A proteção do senhor Moreau do Oise, a da condessa de Sérisy e a do senhor barão de Canalis, que mais cedo ou mais tarde vai se tornar ministro, garantem uma receita geral ao senhor Husson, que agora é reconhecido como um parente da família Camusot.

Oscar é um homem comum, calmo, sem pretensões, modesto e sempre se coloca, como seu governo, no justo caminho do meio. Ele não provoca, nem inveja nem desdenha. Enfim, ele é um burguês moderno.

Paris, fevereiro de 1842.

NOTAS DO TRADUTOR

Página 62, *o tempo é a melhor miséria*
No original, "O tempo é um grande magro", trocadilho
com a expressão "O tempo é um grande mestre".

Página 62, *Paris não foi construída em um forno*
Trocadilho com o dito "Paris não foi construída em um dia".

Página 62, *Bons condes fazem bons palitos*
"Bons condes fazem boas peneiras", a partir de "Boas contas fazem bons
amigos", equivalente ao nosso "Amigos, amigos; negócios à parte".

Página 63, *as viagens deformam a juventude*
Segundo ditado popular, "As viagens *formam* a juventude".
Página 63, *as artes são amigáveis ao homem*
O provérbio original é "As artes são a migalha do homem".

Página 81, *cão de matilha não faz mal a ninguém*
O ditado é "Abundância de
bens não faz mal", equivalente ao nosso "melhor sobejar do que faltar".

Página 81, *notário em uma perna de madeira*
Adulteração de "Cautério em perna de madeira",
ou seja, algo inútil, ineficaz.

Página 83, *sem dinheiro, sem chouriço*
No original, "sem dinheiro, sem sebo", adulteração
de "sem dinheiro, sem suíço".

Página 84, *é preciso ornar com os lobos*
Trocadilho com "é preciso uivar com os lobos".

Página 85, *procure o natural, que ele vem do abdômen*
O normal seria "procure o natural, que ele vem a galope".

Página 85, *não amarram seus cães com cem suíças*
O certo seria "com linguiças", como em português.

Página 88, *a felicidade não mora embaixo de umbigos dourados*
"A felicidade não mora embaixo de *painéis* dourados",
ou seja, "dinheiro não traz felicidade".

Página 89, *quanto mais erguido, mais se ri*
"Quanto mais *bobo*, mais se ri".

Página 91, *os pequenos peixes fazem os grandes rios*
O correto seria "pequenos córregos fazem grandes rios".

Página 91, *os sapateiros são sempre os mais resfriados*
Transformação de "os sapateiros são sempre os mais mal calçados",
equivalente ao nosso "em casa de ferreiro, espeto de pau".

Página 95, *os extremos se tapam*
De "os extremos se *tocam*".

Página 97, *o açoite nasceu um dia na universidade*
Balzac transforma "a noite nasceu de um dia no universo"
em "o tédio nasceu um dia na Universidade".

Página 98, *vimos reis espanando pastoras*
O correto seria "... *esposando* pastoras".

Página 100, *comprar dois coelhos com uma só cajadada*
"Dar com uma só pedra dois golpes", que Balzac
parodia em "fazer de uma pedra dois soldos".

Página 100, *é a mãe da surdez*
O correto seria "a prudência é mãe da segurança".

Página 101, *muito trabalho por nada*
No provérbio francês,
"Fazer mais barulho do que trabalho"; no original,
barulho ("bruit") foi trocado por *fruta* ("fruit").

Página 101, *cada pesca por si*
O dito é "cada um prega por seu próprio peito",
ou seja, em interesse próprio.

Página 103, *quanto mais se tem, mais é preciso largar o osso*
"Quando se pega um galão, não se pode pegar demais",
equivalente ao nosso "quanto mais se tem, mais se quer".
Balzac parodia o ditado alterando para "Quando se
pega no baralho, não se pode pegar demais".

Página 103, *quem quer afogar seu cão, o acusa de nadar*
O original seria "o acusa de ter raiva".

Página 106, *jogar a navalha*
"Jogar a manga antes do machado"; equivale a
"jogar a toalha", "desistir de lutar".

Página 114, *famoso como o lúpulo*
O correto seria "como o lobo branco".

Página 117, *melhor se vestir do que remediar*
O dito é "Dois avisos valem mais que um", equivalentes
a "prevenir nunca é demais", e que Balzac transforma
em "dois hábitos valem mais que um".

Página 118, *nunca se embrulha aquilo que busca*
"Nunca se *encontra* aquilo que se busca".

Página 126, *barriga famosa não tem artelhos*
"Barriga *faminta* não tem *orelhas*".

Página 128, *falar demais combina*
De "falar de mais arruína".

Página 172, *Inter pocula aurea restauranti, qui vulgo dicitur Rupes Cancali*
Em latim macarrônico "Entre os copos de ouro do restaurante
que vulgarmente se chama La Rocher de Cancale".

Este livro foi composto em
Crimson Roman no corpo 10.5/15
e impresso em papel Pólen bold 90g/m^2 pela
Prol gráfica.